安達としま
間
デザイン／カマベヨシヒコ(ZEN)
JN073949

安達
しまむらに想いが伝わり、
一緒に過ごせて嬉しい女子高生。
付き合うことにはなったけど、
まだどうしたらいいのかよく分からない。
「こっち見てたから、なにか用かなって」
「え。んー……いやあれは安達が見てたのだ」
「しまむらも見てた」

「見てない見てない」

「め、目が合ったけどっ」

「あー……そうだなー……だめだ、なにも思いつかない」

しまむら
安達と付き合うことになった、授業をサボりがちな女子高生。安達にどう接すればよいか困っていたが、最近は少し分かるようになってきた。

「お前、やりたいこととか
将来の夢とかないの？」
「今やってるけど？」
「そーか」
「うん」
永藤
日野とは幼稚園の
ころからの付き合いで、
日野のことをよく気にしている。

日野
永藤の幼なじみで、実家は名家のお嬢様。
よく永藤の家に遊びに来る。
「これでいいのかとか
ちょっとくらいは思わない？」
「なるほど」
「なにがなるほどか」
「日野も思春期をしているのか、
というなるほど」

「ヤチー、あたしにもチョコくれるの」
しょーさん
しまむらの妹でヤシロと仲が良い。
安達がしまむらと仲良くしていると
ヤキモチをやくことも。

「ばれんちゃーんでーですぞ」
ヤシロ
気がつけばしまむらの家にいる、
水色の粒子を振りまく自称宇宙人。

安達としまむら 10

入間人間

『Fantasy Sister』

「ほら手裏剣だぜぃ」

「わー」

中学校の制服を着たおねえさんはとても得意気だ。

「ほーらくす玉だよ」

「おねーさんすげー」

折り紙を次々に形にしていくおねえさんは最高に鼻高々だ。

「この兜《かぶと》は花子《はなこ》ちゃんにあげよう」

わたしの傍《かたわ》らで扇風機に吹かれる犬の頭に、おねえさんがそっと青い兜《かぶと》を添える。

「ゴンだよ、この子」

「わっははは」

おねえさんは、かなりおねえさんしていた。


「というわけで、えーっとですねー、帰ってきましたけど……こう、辛《つら》いですな！　向こうは気にしてないというか、色々聞いてくるのですがわたくしまだそんな売れてないわけで……うほほ。もうおうちかえりたいよぉ。おうちここなんですけどねがはは。えーまー、明後日《あさって》くらいには帰ると思います。じーちゃんに送ってもらえるといいなー。でででですねー……いや、でが多かったですねー……あの、帰ったら……会います？　なんかあれなんですよね、会うと自分のなにかが……あーってなるんです。あぁーかな？　分かります？　分かるわけないですね。え、なんとなく分かる？　すげー。それで、うん、はぁ、はい……はべ？　おぱ？　あいやいやいや触らせてくれ、くれる？　くれると来ましたか！　いえこう、あたしお、おっぱい、なんてですね……いやあのー……す、好きなのかなぁ。でもあのそっちも……え、えっと、えと、み、みやび？　ぐわぁゾワゾワゾワっときた！　人を呼び捨てにしたこと、ほとんどないもので抗体がないのですな……本当に同い年です？　ですよね。あ、そっか……正確な年齢謎ですか。謎が謎を呼びますな！　え、話戻す？　戻しちゃうかー、そっかー。おぺぺぺ。触ってるとあのー、耳がね、耳がちぎれそうなんで怖いです。あついの、めっちゃ。溶けるかな？　触ってくらい。頭ぼわーってなるし……いえ！　でも……あの……はい、触らせてくだ、しゃ、さい。しゃす！　しゃすしゃす！　じゃあっす！」

「…………………………」

「は、はっはっは」

電話を終えたおねえさんが急に上ずった声で笑い出す。

動揺しているみたいだ。

で、振り向く。

緩い笑顔が、わたしを認めてくにゃっと更に頼りなく折れた。

「はぷぁ！」

同じく帰省中の、お隣のおねえさんが飛び跳ねる。祖父母宅のお隣のおねえさん……昔は帰省の機会が重なって、よく遊んでもらったものだった。その頃から割と年月は経《た》っているのだけど、おねえさんの方は見た目が変わってないというか、印象が逆転しているというか……成長しなさすぎでは？　中学生にしか見えない。背もそのままだし。

正直、もうおねえさんと言《い》い難《がた》い。そして頭にはなぜか、研修中と書かれた名札を髪留めのように載せている。

十七歳のお正月、例年通りに祖父母の家にご挨拶。

その年始の夜に恐らくは似たような理由で家の表に出て……で、これである。

両宅から漏れる灯《あか》りを背負って、わたしとおねえさんが固まる。なんでわたしまで。

外に出た途端、声がし始めて引くこともなんとなくできなくて側《そば》で聞いていたのだけど、第三者は聞かなかったことにした方が優しさを感じる内容だったかもしれない。そんな話を表で堂々とするのはいかがなものかと思うが。

そういうわけで、おねえさんとの間に妙な緊張感が漂うのであった。

「つ、つきよちゃんだったね」

当たらずとも遠からずの名前だった。わたしを見上げるおねえさんが、「こんなんだったかな」と首を傾《かし》げている。こんなんだったかはお互い様である。勿論《もちろん》、どちらもこんなんではなかった。

おねえさんが握りしめた電話をちらりと一瞥《いちべつ》する。ぐえーと手で目もとを覆う。指の間からちらちら見たり、左右に飛び跳ねたり忙しい。忙しいのになにも事態が進まない。

「あのー」

「きゅええええ」

「は？」

「勘違いしないでいただくたい」

「いただくたい？」

「今のはだね、えっとね、いやあのね、こう、電話なんだ」

「はぁ」

もしかするとこの人、話が凄《すご》く下手なのかもしれない。

「き、聞いてたのかえ？」

「き、聞いてました」

「ぜんぶ？」

正直に答えて、内心しまったと悔やむ。知らないふりして引き返せばよかった。

「は、半分くらいかな？」

「半分ってどっちじゃろ」

前半か後半かで確かに大分変わる気がする。

「前半……ですねうん」

冷静に考えると最初だけ聞いていて今ここに突っ立っているとか矛盾している。

「ぜ、前半なら……ぎりぎりおっけ？」

わたしに聞いてどうするのだ。

幼少期に遊んでくれたおねえさんが、変な隣人と化していく世界の不条理を嘆きそうになった。

「し、幸せかぁい？」

目を回しているおねえさんが、いきなり怪しいことを聞いてきた。

ひょっとして、これで話を逸《そ》らしてごまかしているつもりだろうか。

色々大丈夫かと感じつつも、なんとなく、割とまじめに考えて。

「んー……まぁまぁですかね」

まだ生きているあの子と、今年も出会えたから。

まぁまぁどころか、多分、もっと。そして同じくらい、鼻の奥が痛くなる。

「そりゃあよかったぜー」

ぐるんぐるんとコマみたいに回転しながら、おねえさんが家の中へ逃げていこうとする。

「おねえさんは？」

意識したわけではないけれど、昔と同じ呼び名を口にしていた。

おねえさんは回転を中断して振り返り、構えて、両方の手で指パッチンに失敗して、へちょっとした音を立てた。

「だぜぇ」

どっちだ。

そのまま逃げて、少し経《た》った後に家の中から、きゅあああと小動物が苦しい時に上げるような悲鳴が聞こえてくる。苦しんでる小動物を見かけたこともないのだけど。

「なんというか……おねえさんも色々あったんだなぁと」

思いました。

しかし、話を聞く限り彼女持ちか。違ったらそういう関係じゃない人の胸を触りたがる人になってしまう。そっちの方がヤバいな。

……彼女。

みーとぅーと言ったら、どんな反応を頂戴したのだろう。

「……おっと、今度はわたしか」

短く反応した電話に目をやる。電話していいかって、毎回事前に聞いてくる。気にしなくていいのにと思う。

それとも、いきなり電話してわたしが出なかったら不安になるのだろうか。

いつだって奥ゆかしい安達《あだち》の電話に出る。

そして開口一番、聞いてみた。

「はぁい、幸せかい？」

『え？　え、えー……今、大分幸せになった！』

そりゃけっこう。

『Astray from the Sentiment』

悩むほどの荷物は部屋になかった。せいぜい、服と思い出の品くらいだ。

娯楽というもののおよそ欠けた部屋から、生活を剥がしていく。長い時間を過ごした空間の表面を削って、段ボール箱に押し込めば残るものはとても少なかった。

今夜が最後になるベッドの端に座れば、浮かぶのは些細《ささい》な記憶。

しまむらの家から逃げ帰って、枕に顔を埋《うず》めて悶《もだ》えた日。

しまむらに電話しようとして、電話の前で正座した苦悩の時間。

明日に控えたものを思って眠れず、不毛に寝返りを打ち続けた夜。

……あまり些細《ささい》でもなかった気がしてきた。

すべてがしまむらに繋《つな》がっている。まるで、その前は生きてすらいなかったように。事実、しまむらと出会う前とそれからの自分はあまりにかけ離れていて、第二の自分というか、再構成された感すらある。となると今の私の実年齢はまだまだ幼く、それならばしまむらに多少甘えることがあるのも仕方ないと言えた。言えた。

生活感を失った部屋は壁も天井も景色に差がない。後ろに倒れ込み、空き部屋に等しくなった空気と共にベッドに沈む。昨日まで当たり前に生活していたはずなのに、空気はどこか埃《ほこり》っぽい。人の気配の遠ざかった部屋になっていた。私の心はもう新しい住居に先走ってしまっているのだろうか。

春が町の七割を埋めた、そんな季節。私は明日、この家を出ていく。

しまむらと一緒に暮らすために。

私もしまむらも、大人になっていた。少なくとも年齢は。

制服は着なくなって、髪は少し伸びて、苦労の質が変わり、お酒が飲めるようになって。

ああ、しまむらは飲めないか。

しまむらはお酒をまったく受け付けない身体《からだ》らしい。前に成人のお祝いと称して一度試したけど、大変なことになった。

詳細は割愛するけど、なんというか、シマーライオンになった。

『母親似らしいので』

しまむらは自分に呆《あき》れるように笑いながらそうこぼしていた。それはさておき、しまむらはそう語るとおり母親に似ていると思う。雰囲気と言葉遣いにそういうものがよく表れている。

柔らかく、人に好かれていくものがたくさんある。

私も母親に似ていると感じる、きっとたくさんのところが。でも、それを喜ぶべきかは分からない。私たちはもう少し……そう、もう少しなにかやり方があったかもしれないって時々思う。でも今更いくら考えても、硬質になりすぎた関係をやり直す時間はないのだった。

「…………………………」

時間がない、というのはとても便利な言い訳で。

もっと砕いて、身もふたもなく言えば、お互いにめんどくさい。

どれだけのやり取りを経て、仲睦《なかむつ》まじいなんて夢の話に辿《たど》り着《つ》けるかを考えてしまえば。

「……しまむらっぽいかも」

喜んでいる場合じゃないのに、ちょっと嬉《うれ》しかった。

それから時計を確認して、部屋を出る。階段を下りるその足音は、高校生の頃からの変化を感じない。前にしまむらにそんな話をしたら『そりゃ羨ましいぜ！』と言われたけど、未《いま》だになにを羨まれたのか分からない。

一階で物音がしていたのでリビングを覗《のぞ》くと、ソファに座ってぼんやりしているお母さんと目が合った。お母さんは私を上下に眺めてから聞いてくる。

「晩御飯は？」

「外で食べてくる」

「そ」

お母さんの反応はそれだけで、すぐに前に向き直る。私もまた、すぐに玄関に向かった。

みんな、こんなものなのだろうか？

しまむらの家は最後の夜も賑《にぎ》やかなのだろうか。それとも、案外神妙なのか。しまむらの妹はどんな反応なのだろう。泣くかもしれない、私に似ているなら。くっついてくるかもしれない、似ているのなら。しまむらはそれをどう受け流すのだろう。

そんな風に、すぐ家のことじゃなくてしまむらのことを考えてしまう。

私にとってこの家というのは多分、それくらいで。

お母さんの方もそれくらいで。

たとえ思うところがあってもきっと、話はしないのだろう。

子供が家を離れて家族が形を変えるとき、親はどんな気持ちになるのか。

私は恐らく、子供と出会わないから多分一生分からないのだとどこまでもあやふやに思った。


家から逃げて、歩いた先にまだ灯《あか》りがあったことに安堵《あんど》する。

確認もしないで来たから、店を畳んでいたら町をさまよう羽目になったかもしれない。

相変わらず、赤と黄色が強調された外観で他の建物と比べて若干浮いている。でもこういう店は目立つくらいで丁度いいのかもしれない。駐車場の車の横を通り抜けて、中を覗《のぞ》く。

表から入るのは、いつ以来だろう。

「えらっしゃ……おん？」

いい加減な挨拶の途中でこちらに気づいたらしく、店長がこちらを向く。

「お、今日は客か？」

店長が私を見て、腕組みしたまま大股で近寄ってくる。久しぶりに会ったけど、雰囲気はなにも変わっていない。発音のちょっと危うい部分もそのままだった。

「こんばんは」

「ヘイラッシャイ」

「今日もなにも、バイトは結構前に辞めてますけど……」

高校卒業と合わせて辞めてから、しばらくこちらには足を運んでいなかった。引っ越して地元を離れたら更に遠退《とおの》き、恐らくは二度と会うこともないだろう。食べるものはなんでもよかったので、後は他の理由で行き先は決まった。

「明日引っ越すので、簡単に挨拶も兼ねて」

「そーかそーか」

店長がうん、と頷《うなず》く。頷《うなず》いてから、「ン、引っ越し？」と遅れて気づいたらしい。

「サヨナラバイバイか？」

「はぁ。そう、ですかね」

「寂しくなるな」

「……本当ですか？」

「ちょっと考えたら別にそんなことねーわ」

あははは、と店長が気軽に笑う。そうだろうと思った。店が残っていることも、この人が元気そうなことも決して当たり前ではないくらいに時間は経《た》っていたから、ちょっと安心する。

「なに食べる？　なんでもあるヨ」

嘘《うそ》つけ。

「お席にどーぞ」

入り口に一番近い席に案内される。こうやってお客さんを案内していたときを思い出す。

私のチャイナドレス姿は好評……だったらしい。周りの評価なんて気にもしていなかった。

ただ一人を除いて。

「おタバコお吸いになられますカ～？」

「席に案内してから聞いてどうするんですか」

そもそも全席禁煙だ。

「相変わらずつまらんやっちゃな」

「どうも」

定食を頼むと、店長が奥に引っ込んでいく。入れ替わるように出てきたバイトらしき女の子はちゃんと制服で、チャイナドレスとは一切無縁で格好に隙がない。時代が厳しくなったのだろうかと、頬杖《ほおづえ》をつきながらそんなことを思った。

私としては、しまむらに褒められたから結果としては良かったくらいに落ち着いている。

結局私はしまむらなのだ。いや私はしまむらじゃないけど。でもしまむらだ。

恐らく本人よりもしまむらのことを考えているから、私の方がしまむらの度合いは高い可能性もあった。

しまむらはいつだって哲学的である。

時間が早いからか、お客さんは私以外には見当たらない。バイトの子も手持ち無沙汰に突っ立っているだけだ。私も暇なときはあんな風に、無為な時間を過ごしていた。忙しい時間も暇な時間も稼ぎが変わらないのを不思議だなぁとか、そんなことを当時は考えていた記憶がある。

「…………………………」

目を瞑《つぶ》ると、普段と違う匂いばかりが感じ取れる。

何年も続いた生活の場で迎える最後の夜を、外で消化する。家から逃げているわけではなく、家の中にはないものを探しているような……自分の中にほとんど芽生えない名残惜しさというものを、なんとか拾おうと歩き回っているような……そんな気がする。

感傷的になりたいらしい、私は。

なんでだろう?

答えは見つからない。なのに、そういうものがあってほしいとなぜか思っている。

今の心境としては結婚前夜みたいなものかもしれない。結婚したことないけれど。

でも新しい人と新しい生活の場を作っていくというなら、結婚に近いのか。

……別れたくないなぁ、と始まる前から思った。

それから、注文した定食はバイトの子ではなく店長が持ってきた。炒飯《チャーハン》に小さいラーメンに、申し訳程度のデザートであるカラフルなゼリーが一つ。端の皿に盛りつけられた唐揚げがお盆の上と左にはみ出している。岩礁みたいなごつごつとした姿だ。懐《なつ》かしいけれど、それが三つも四つもあると食べきれるか不安になる。

「定食ってこんな豪華でしたっけ」

「そういうときもある」

かははと笑いながら店長が仕事がないときの定位置に戻っていこうとする。

「チャイナドレスは着れる内に着とけよー」

その最後の忠告らしきものに、ぎこちなくでも笑うことを意識しながら少し頷《うなず》いた。

着られる内に、か。

別に何歳で着てもいいと思うけど、多分そういうことではないのだろう。

そう思うことにした。


食べすぎた、と右の脇腹を撫《な》でながら帰路を行く。

相変わらず値段と釣り合っていない量を出してきて、思い出とか雰囲気で食べ進めるのにも限度があった。最後は味もよく分からないまま唐揚げをかじっていた。

満腹だと足取りがちゃんと重い。俯《うつむ》いて下りた髪を掻《か》き上《あ》げながら、夜を見上げる。

夜空と空気の匂いだけは、いつまでも変わらない。

もう会うことのない人、来ることのない道を私は振り返らないままに思う。

高校生の頃、なんの感動もなく往復していた道の先にこんな未来があるなんて、誰が想像できただろう。目と鼻の先にあるそれを思えば、昔には戻りたいなんて回顧は無縁だった。

「お、あだちっちだ」

「ちっちだー」

名前らしきものを呼ばれたので振り向くと、日野《ひの》と永藤《ながふじ》だった。最後に会ったのは数年前のどこかと思い出せないくらいだけど、二人の見た目から受ける印象はまったく変わりなかった。

日野《ひの》は釣《つ》り竿《ざお》を担《かつ》いで、永藤《ながふじ》はよく分からないけど突き出した人差し指をぐるぐるしている。そしてそのまま、なぜか二人は私の周りをぐるぐる……よく見たら、いつの間にか回るのが三人になっていた。不思議な水色の髪の子が混ざって、「わー」と参加している。

どうしたらいいのか反応に窮して、私は身動き取れないまま翻弄される。

五周くらいしたところで、日野《ひの》と永藤《ながふじ》が笑顔で離れる。

「もちろん用事はない。じゃーなちっちー、しまむらによろしくー」

「あばよちっちー」

「おたっしゃでー」

二人はさっくり去っていった。「あ、うん」という返事も届いたか定《さだ》かではない。

なんというか。

もしかすると、いやむしろ高い確率でこれが最後になるかもしれないのに、随分とあっさりしていた。でも私と日野《ひの》たちの関係はこれくらいなのか、と納得もできる。私は、冷たい。

本質的に他人に興味がなくて、だから向こうだって関心なんかないに決まっていた。

それが本当の私だとしたら、しまむらを追いかけ続ける自分は一体、誰なのだろう？

時々、そんなことを考えてしまう。

……で。

「こんばんはー」

水色の子は隣に残ったままだった。この不思議な生き物の名前が咄嗟《とっさ》に思い出せない。格好もおかしく、恐らくはカモノハシを模したパジャマを着ていた。フード部分から伸びたクチバシの自己主張が激しい。

「こ、こんばんは」

「ほほほ」

「え、行かないの……？」

既に遠い日野《ひの》たちの背中を指す。「なぜです？」と不思議な生き物が首を傾《かし》げる。

「ぐるぐるしていたので参加しただけですが」

「あ、そう……」

不思議な生き物は私の側《そば》から動かない。じっと見つめながら、ちょっと前に出てみる。すすっと一緒に移動してきた。てんてんてんと、三歩大きく前に出ると、飛び跳ねるように追随してきた。そしてこっちが止まるとぴたっと停止する。だるまさんがころんだでもしているみたいに。どっちも大股で止まっているので、傍《はた》から見ると馬鹿みたいに見えそうだ。

困惑しながら目が合うと、「ほほほ」と無邪気に笑っている。……苦手だ。子供への対応が分からない。人に素っ気ない自覚はあるけど、子供にそうすると少し後ろめたいような気持ちになるのは、本能に訴えるものがあるからだろうか。

「どーかしましたか？」

それはこっちが聞きたい。何故《なぜ》ついてくるのだろう。

「いや……なに考えてるか分からなくて」

「はっはっは、なにを仰《おつしや》います。考えていることの分かる相手などどこにもいないでしょう」

なんてことないように返されたけど、少し、ハッとするものがあった。

「そうかも」

そんな深い考えを持っていたのか、このカモノハシは。……ないかも、とクチバシを見つめる。

私がこの不思議な生き物を単独で見るのは珍しいかもしれない。

いつもしまむらにくっついているような印象だった。

しまむらに。

若干ムッとしながら見ていると、不思議な生き物がにこやかに返してくる。

「わたしは安達《あだち》さんも好きですぞ」

「え……あ……ありが、とう？」

人に好きだと言われるのは珍しい。しまむら以外では……以外では、ひょっとして初めてなのではないだろうか。親にも面と向かって好きだなんて言われたことはない。好きなのかも分からない。

他人に好意を伝えるのは、難しい。

だからそれを簡単にやってのけるこの子供は……不思議だ。

そもそも不思議すぎる、なんで髪や爪がこんな変わった色なのだろう。

しまむらがまったく気にもしていないので、昔から言及しづらいのだけど。

「みんな好きというのは、とてもいーことですね」

「え、うん……」

適当に相槌《あいづち》を打ちかけて、でもと引っかかる。

しまむらがみんな好きって状況を想像してみる。しまむらが誰に対しても笑顔。

私にも、他の誰にも。綺麗《きれい》に、均等に。

ひとかけらも私に余分に注がれるものはなく。

嫌だな、と素直に感じる。

だから結局、私の中で答えはこうなるのだ。

「いや、あんまり」

「そーですか」

私を肯定も否定もしない不思議な生き物と、しばらく並んで歩いた。

少しだけ気になったのでどこへ行くつもりなのか聞くと、不思議な生き物は「どこでもいいのですが」と本当にどうでもよさそうに答えて、ただ前を見据えている。

「歩いていればどこかには着きますので」

どこか、達観しているようにそう言った。

「……そういうものかな」

「そーいうものでした」

なぜか過去形で、それから。

「そーいえばお久しぶりでしたね安達《あだち》さん」

「え、うん？」

「7199年ぶりくらいでしたか」

「は？」

「ほほほ、元気そーでなによりです」

人の疑問など無視して、無意味なほど穏やかに笑い続けるのだった。


家に帰ると、珍しくお母さんの声が弾んでいた。……いや、私が知らないだけなのか？

誰かと話しているみたいだった。声をかけるか迷いながら歩いていると、向こうも気づく。

振り向いて、少し目を細めながら。

「おかえり」

「……ただいま」

淡泊なやり取り。でも、それもこれが最後だったのかもしれない。

あっさりと通り過ぎてしまう。

「ああ、娘が帰ってきたから……は？　なんで？」

お母さんが何事かを交わした後、こちらに向けて電話を差し出してきた。

「……なに？」

思わず足を止める。

「代わってくれって」

「誰？」

出れば分かるとばかりに、お母さんは溜息《ためいき》を吐《つ》いた。近寄り、受け取り、電話を耳に添える。

親類縁者にはまったく思い当たる相手がいなかった。

「もしもし？」

『やっほー安達《あだち》ちゃん』

「あ、しまむらの……」

声を聞いて、すぐにしまむら母だと分かる。知り合いでこんなに明るく話しかけてくる人は限られていた。知らない間に、母親同士で仲良くなっていた。しまむらはなにか知っていたみたいだけど、そういえばいまだに詳しくその辺りを聞いていない。しまむらと顔を合わせると他に考えることがたくさんあって、それどころじゃなかった。

それはさておいて、私に電話。しまむらのことについてだろうか。

『しまむらの母Aだよ！』

「あー……え？　はい」

Bがいるのだろうか。

『ふんふん、なるほど』

何を納得しているのだろうと思っていると。

『反応の素っ気なさとか涼しい声色がそっくりね』

誰とそっくりかなんて、確認するまでもなかった。そっくりさんを、ちらりと見る。

お母さんは側《そば》で居心地悪そうに、腰に手をやりながら立っていた。

『げんきー？』

「げ、元気です、けど」

昔、しまむらにやったあれを思い出す。今も時々やらされては恥じる。

『しかし物好きねぇ安達《あだち》ちゃんも』

「……あの？」

『抱月《ほうげつ》は生活力高くないから、覚悟しとかないと駄目よん』

時間ルーズ、掃除適当、料理努力賞。指折り数えるようにしまむらを評価していく。私から見えるしまむらは色んな意味で余裕があるので、物の見方の差を感じた。家族というか身内は、しまむらという人間の少し硬い端を摘《つま》むような、そういう捉え方をするみたいだ。

私は多分、しまむらを全体的に、緩く、すべてを見渡そうとしている。

『安達《あだち》ちゃんは料理お得意マン？』

「マンではないです」

『グァール？』

「料理はあんまり」

食べることにさほど興味がないから、上達するはずもなく。

「あ、でもしまむらにお好み焼きは作ったことあった……」

『まぁ、そんなこともあったわねぇ』

「え」

『知らないけど』

「……そ、そうですか」

苦手だ。嫌いとかではなく、苦手なのだこういうのは。お母さんだってきっとそうだと思う。

「えっと、しまむらに生活力ないとしても」

あくまで仮定で貶《おとし》める気はない、とここにいないしまむらに断りを入れつつ。

「私が、がんばりますから」

そしてしまむらもまた、そのがんばりで私に欠けたものを補っていく……の、だと思う。

信じる。

『そうかい。カッチョいいじゃん』

「ど、どうも」

『抱月《ほうげつ》が寝坊しそうだったら容赦なく尻を蹴って起こしてね』

「え……あの、仰向けだったら、どうしよう？」

我ながらなんの心配をしているのだ。

『ひっくり返して蹴りなさい』

なぜ執拗《しつよう》に蹴らせたがるのか。正直、できる気がしない。

しまむらを蹴飛ばす自分は想像さえできなかった。傷つける方法が分からない。それは呪いのような、契約のような、前向きになるには少し重たい、絶対的な条件のように感じられた。

『そんな感じでね』

「は、はぁ」

どんな感じなのだろう。

『んーなに。纏《まと》めると、うちのバカ娘と仲良くね』

普段の調子と異なり若干、照れたように早口なのは気のせいだろうか。

「あの、はい。こちらこそ」

こちらこそ、なんだろう？　よろしく？　なにかが違う気もした。

『仲良く。万事仲良く』

「はい」

『心得て』

「こ、心得ました？」

『うむ』

とても満足げだった。そして、話はこれで終わりらしい。

電話の意図は分かるけど、分からないというか。内容はよく分からなかった。

しまむらなら理解して受け答えできるのだろうか。

親子と言ってもやっぱり、言い方はなんだけど他人というか……活《い》かせないものが多い。

「ん」

電話を返せとばかりに、お母さんが手を向けてくる。渡すと、無言でソファに戻った。

「……あれ？　これまだ切れてないの？」

お母さんが首を傾《かし》げるように電話を耳に添えて、すぐにしかめ面《つら》する。

「うるさい、もう話すことないじゃない。……はぁ？」

まだまだ話し込みそうだったので、何も言わないで離れて部屋に戻った。

ちなみに不思議な生き物は本当に唐突に走り出してどこかへ行った。夜を染め直すように鮮やかな水色が直線を描いて行く様は、夢でも見ているみたいだった。本当に夢かもしれない。

しかし未《いま》だ残る胃の重さが、これまでの道のりを現実だと教えてくるのだった。

二階の部屋に戻って、電気をつける前に電話を確認する。しまむらからの反応はまだない。

少し前に電話していいかと連絡を取ったけれど、返信がないので寝ているのかもしれない。昔はこの返事の来ない時間が本当に不安だった。今も落ち着きはしない。でもしまむらならきっと無視はしないとか、いつか返事をくれるとか、そういう自信だけはこれまでの中で身に付いたのだった。しまむらは、優しい。奥でいつも照れていた優しさをあまり隠さなくなった。

それが私との関わりの中で生まれたしまむらの変化だと思うのは、うぬぼれが過ぎるだろうか。

灯《あか》りを控えめにつけてから、ベッドに上り、壁に背をつける。足を伸ばして、電話を摑《つか》んだまま身体《からだ》を休めてしまむらを待つ。昨日までと変わらないことを繰り返して、でも明日はまったく別の場所が開けている。毎日が振り子ではなく、少しずつ進んできたことの証《あかし》だった。

こうして直前になると、不思議に実感が薄れてきている。

遠く霞《かす》んでいたはずの夢に触れて、意識が拡散しているのかもしれなかった。

それからしばらくして、電話が震える。私の電話が反応する相手は一人しかいない。

『ごめんごめん、寝てた』

「知ってる」

笑ってしまうのが分かる。それから少しの間を置いて、しまむらから電話がかかってきた。

「もしもし」

『こんばんちっちー』

「……流行《はや》ってるの？　それ」

『え、どこで？』

なんでもない、とその話は閉じる。壁に寄りかかりながら、中途半端《ちゅうとはんぱ》に灯《とも》る電灯を見上げた。

弱い光は頼りなく、だから目を逸《そ》らさないで見つめることができた。

「こんばんは」

『はいはい。それで、安達《あだち》は……特にご用じゃないね、きっと』

「うん。ただしまむらと話したかった」

しまむらの軽い笑い声がする。

『明日から毎日顔を合わせるのに』

その一言にぼぅっと、ぼんぼりが灯《とも》るようだった。春が自分の中で芽吹いたように暖かい。

「そっか。これからは電話する機会も減るのかな」

『そうかもねぇ。あ、家の中で電話しようか？』

「糸電話もいいかも」

実際に作ったことも、使ったこともない。知識だけの存在だった。どんな風に聞こえるのだろう。色んなしまむらの声を聞いてみたいものだ、と思う。たくさん集めて、ふとしたときに思い出して、また聞きたくなって。そういう流れを作っていきたかった。

『ふふふ、んふ……んーふふふ』

場を繋《つな》ぐような、細かい笑いが続く。もしかして、しまむらもさすがに少し落ち着かないのかもしれない。これまでもほとんど毎日会っていたのに、明日からは同じように日々を共有して、でもきっと新しいものがたくさん待っている。時を重ねるというのは決して、悪いことばかりではなかった。

『明日からあだちっちと生活するのか……』

「……嫌?」

『嫌なら一緒にあれだけ部屋探ししないって。ただ』

「ただ?」

『荷物を片さないといけないから、ちょっとうぇーってなってる』

「うぇー」

真似《まね》してみるも、なかなか摑《つか》めない。とりあえず嫌がっているのは分かる。

「一緒にやったら、多分楽しい……といいな」

保証しかねるので弱気になる。結構な量だし、大きなものも動かさないといけないし、夢のような話の始まりにしては地に足がついている。或《ある》いはもう、夢を通り過ぎてしまって現実だけが残っているのか。現実は今の私に渇きを与えていた。

「私は楽しみで眠れない気がする」

いつもながら。怖くて眠れなかったり、緊張して眠れなかったり、ただ眠れなかったり。

割と不健康なのに、意外と動き回れている自分がいた。

しまむらからなにかしらのエネルギーを貰《もら》って手足を振り回しているのかもしれない。

その仮説は結構当たっていそうだった。

いつも口にするだけで、身体《からだ》の知らない器官が満たされる。

「しまむらと、私の家」

『うふははは』

「な、なんか強そうな笑い声がした」

『ごめん、頷《うなず》こうと思ったら一緒に笑っちゃった』

どういう状況だろう。そして笑うところがあっただろうか。

しまむらは、未《いま》だに謎の生命体だ。

『私としまむらの家って順番じゃないの、安達《あだち》っぽいと思った』

そうかな、と思った。普通そうなのだろうか。私の普通とはかなり違う。

「だって、しまむらがいなかったら意味ないし」

だから最初にそっちの名前が来る。しまむらからすべて始まるのだ。自分以外のものから自分が始まるという矛盾が、今の私をこんなにも幸せにしていた。

『わたしも安達《あだち》が一緒じゃなかったら、まぁ家を出て生活とか考えなかったね』

「……そうだよね」

しまむらの家はきっと、居心地がいいのだろうし。それでも私と暮らすことを選んだしまむらに、何度も感謝している。されるようなことじゃないって、しまむらは何度でも言うけれど。

自分で選んだことだし、ってしまむらは緩い笑顔で言ってくれるのだ。

「しまむらは……家族となにか話した？」

『え、今日？』

「うん」

『わたしんちはそこまで……ちょっとしんみりはしたかも。でも空気読めないやつが家にいるからその辺中和されちゃうんだよね。いやむしろ、空気を読んでいるのか……？　んー、怪しいところですねー』

そのあたりはよく分からなかったけど、人並みにはお話もあったみたいだ。

『そんなの聞くってことは安達《あだち》はあんまり話してないのかな？』

「うん……ううん、全然」

『全然かー』

「全然ない」

さっぱりだ。まるでもうこの家から私がいなくなったように。

いた頃となにも変わらない時間が流れて、いつの間にか夜になっていた。

「やっぱりおかしいよね」

『そだねぇ』

しまむらは取り繕うこともなく、少し眠そうに肯定する。

『でも安達《あだち》はいつもおかしいからなぁ』

「え？」

『こほん。それはさておいて、真面目ちゃんになるとだね』

置いといていいのだろうか、とこちらとしては思うところがあるけど真面目らしいので黙った。……最近はこれでもわりかし平静にしまむらと接していられる時間が増えたと自負していたのだけど。

『おかしいけど、なにもおかしくないよ』

「難しい」

『親子だから分かり合えるなんて、そんな楽はないってことだと思う。その人と仲良くなりたかったら、相応に苦労して、心を砕いて、身体《からだ》を張るのが大事なんだって近頃感じたり、昔を思ったり。だから、安達《あだち》と安達母《あだちはは》になにもないのはまったくもって当然かなと』

「うん……」

私が感じていたことと大体同じだった。そんなことで少し喜んでしまう。

『でもそういう前提がないって、必ずしも悪いことばかりじゃないよ。たとえばさー、わたしと安達《あだち》って前提なんかなかったじゃん。ただの高校の同級生。ご近所さんでもないし、前世からの付き合いってわけでもない……まぁそっちは多分。前世とか言っちゃってあれなんだけどね。もし始まりに特別な繋《つな》がりが絶対必要だったら、安達《あだち》とは一生仲良くなれそうもないと思わない？』

「そう……かも」

しまむらと出会ったのは、本当に偶然だった。私もしまむらも、体育館の二階に行こうと思った明確な理由なんてなかっただろう。そしてそこから相応に苦労して、選択をさせて、今に至る。

私はもう、他の人にそうしたものをまったく向けないでここまで来た。

向ける気も起こらないくらいに、しまむらだけを見つめていた。

私は、びっくりするくらい単純な人間らしい。

「しまむらと仲良くなって……それで十分なんだ」

私の世界はしまむらですべてが出来上がっていて。

だから、しまむらを求め続ける限りはなにも失うものなんかないのだ。

『安達《あだち》が納得してるなら、わたしはそれでいいよ』

「ん」

まるで子守歌のように、その声は優しい。自然、背は丸まり、膝を抱く。

くぁ、としまむらの小さな欠伸《あくび》が聞こえた。

『あんなに寝たのにおかしいなぁ』

「そろそろ電話終わる?」

『おや、安達《あだち》からそんなこと言うなんて』

「だってあんまり話すと、明日の分がなくなっちゃうかも」

『いやいや、いっぱいあるよ』

しまむらがそんな風に言い切るのはちょっと珍しくて、釣られるように胸が弾む。

そう、これからの私にはしまむらとの山ほどの時間があるのだ。

壁に寄りかかる。その壁越しに、寄り添うしまむらを感じる。

「明日もいっぱい話そう」

『そうなるよ、きっと』

未来もしまむらもその約束も、すべてが丸く暖かかった。


これまでの家であり、これから家でなくなる場所での最後の食事は、一人じゃなかった。

朝も早くからお母さんが朝食を用意して、そして向かいに座っている。お母さんとは「おはよう」と挨拶を交わしたきり無言で、どっちも話題を持っていないように座っているだけだった。お母さんもまた、困惑している。それでも手を差し出すように動かして。

「食べなさいよ」

頬杖《ほおづえ》をついたまま、お母さんが促してくる。「うん」と、トーストを手に取った。

私がパンの端をかじるのを見てから、お母さんも同じ献立の食事に手をつける。サラダを箸で摘《つま》んでは、黙々と口に入れていく。これが美味《おい》しい、あれが美味《おい》しいという様子は一切なくて、多分私も周りからはこんな風に淡泊に口を動かしているだけなのだろう。

いつもより食事の進みが遅い。

向き合うと喉の通りが悪くなる、多分お互いに。

最初はしっかり繋《つな》がっていた部品が、時間によって変質してはまらなくなってしまう。どちらも新しい部品を作るのが面倒になって、そのまま放置してしまった。それを元に戻す時間はもう残されていない。この朝ご飯を食べ終わったら、私は家を出ていくのだ。

心細さとは違うけど、自分の身体《からだ》の一部が失われるような頼りなさを感じた。

朝日ばかりが溢《あふ》れるように明るい。眩《まぶ》しいなって言い訳に目を逸《そ》らす。

お母さんも今は私を見ていないって、目も合わせないのに感じ合っていた。

お母さんは淡々と食事を済ませて先に席を立つ。すぐに皿を洗い始めて、私に背中を向ける。

一言もなくて、一緒に食べる意味はあったのだろうか。いや、たまたまそうなっただけで……

そんなはずはなくて、お母さんはなにを思って席に着いたのだろう。

気持ちを推し量ることがまったくできない。ろくに話してこなかったのだから当たり前だ。

……そう、だからそんな話をすればよかったのだ。分からないなら、分かれば解決した。

今それを聞けば、と顔を上げる。お母さんの背中が見える。遠くはなく、手を伸ばせば届きそうで、だけど触れると年季の入った壁みたいに、表面がぱらぱらと崩れそうで。

喉元を指で押さえられているように、身体《からだ》と意識が前へ行くのを拒む。

とっかかりでもあれば、と最後なんだから、って周囲にその最後を探す。なにも見つからないまま、パンがなくなっていく。呑《の》み込《こ》んでから、ああ、ってなった。

一つ二つが最後なんじゃなくて、目に映るものすべてが最後なのだと気づく。

その最後をここまで当たり前に受け止めていた自分では、きっとなにも感じない。

「……ごちそうさま」

口をついて出るのは、話ではなく、挨拶。一言で終わるだけのやり取り。

「はい」

お母さんからの返事もごくごく短く終わって、私たちの間の糸が切れる。

留《とど》まる理由やきっかけが、完全に途切れた。

歯を磨いて、顔を洗って、化粧して。いつも通りに一つずつ済ませて、玄関に向かう。

もう寄り道するところもない。

「……いって……」

振り向いて、言いかけて。

挨拶が宙を薙《な》いで、口周りの空気をすべて持っていく。

誰がいようと、誰もいなくても、出かけるときに欠かさなかった挨拶。

家に挨拶していたのだ、ずっと。

だけど。

行ってきますは、帰る場所へ口にするものだ。その代わり……変わり、代わり……。

さようなら以外、なにも思いつかなかった。

黙って玄関に行き、一足だけ残した靴に足を通す。いつ買った靴だったか思い出そうとして、目の焦点をずらしながら履く。私の足。これから自分を幸せに運んでいく、大事な足。

しまむらに冗談でマッサージしてもらったことがあるけど、そのときの情景は頭の中が真っ白になっていてなにも再生されない。そんな自分の追い詰められ方を笑っていると、少し気が楽になり、身体《からだ》が軽くなる。行こうって気持ちになるのだ。

行こう、しまむらに会いに。

歩こう、しまむらと一緒に。

「桜《さくら》」

名前を直接呼ばれるなんて、いつ以来だろう。中指が痺《しび》れたまま振り返る。

片手を腰に当てたお母さんが私を見ていた。まだ化粧もしていなくて、俯《うつむ》いて、少し暗がりにくるお母さんは私の記憶以上に歳《とし》を取っていた。お母さんを見上げていたあの頃のまま止まっていたものが、急速に現実に追いついたように。お母さんが額を掻《か》く。

「桜《さくら》……」

お母さんが目を細めて、言葉を足踏みさせる。こっちは「うん」と小さく答えながら、じっと待つしかない。昔はそのうんって他愛ない返事さえしなかったのだから、少しは成長できたのだろうか。首にあるはずのない朝露でも伝うように、冷たいものが混じる。

そうして、表情を作り直すようにお母さんが一度目を閉じ、大きく息を吐いて。

その先にあったお母さんはいつも通りの顔で、淡々と私を送り出した。

「じゃあね」

きっと、たくさん迷った末に、その言葉を選んだ。

多分、しまむらの家では『いってらっしゃい』になるその挨拶を、そんな風に。

「うん」

靴をしっかり履く。踵《かかと》を意識して、床を踏む足に力を込めて。

振り向かないで、蹴り進むように家を出た。

足音より先に身体《からだ》が前に出る。たったたったって音がついてきては、後ろ髪の先端を撫《な》でてくる。春の温度をまだ肌が感じない。たくさんのものを置き去りにしていく。

無感覚に、どこまでも歩いていける。

バイト先に行くとき、なにも考えないで自転車をこいでいたように。

なにもないのだ、私には。

この家にも、この町にも、結局どこにも見つからなかった感傷をもって悟る。

自分には後悔とか名残惜しさとかそういうものがなにもないんだなぁって。

それを自覚して、少し泣きそうになった。

嫌いじゃなかった。好きかは最後まで分からなかった。

表すなら、それくらいの人。きっと向こうも同じくらい。

そんな人に、私は。

私は。

声と心がそこで途切れて、ちぎれて、続きを拾うのにたくさんの時間がかかる。

その間もどんどんと前に進んで、距離を離していく。留《とど》まる理由のない私の足に遠慮はない。

そのままずっと、一生分歩いたような感覚の果てになにかを潜《くぐ》り抜《ぬ》けたように、自分が町に戻ってくる。

吐息を感じる。火が灯《とも》る。重力が肩に載り、知らない匂いが混じる。

そして春が頬を掠《かす》めて、その頃には浮かびかけていた涙もとっくに引っ込んでいた。

それくらいたくさん歩いてからやっと、伝えたいことをまとめる。

遅すぎたことはない。手遅れなんかじゃない。

だって結局、その言葉の連なりを面と向かっては言えるはずもないのだから。

私たちはそうやって、とても大きな失敗をして。

それでも。

おかあさん。
私は、幸せにはなろうと思う。
それを連絡がないことや、顔を合わせないことや、なにも頼らないことで。
面と向かって語ること以外のこれからで。
生きることすべてで、伝えたい。

『Be Your Self』

「ああ、なにか失敗したんだなぁって思った」

「なんの話？」

「娘が家を出て行った時の感想」

「へー」

「まるで興味なさそうねごめんねそんな話してもう帰ってほしいんだけど」

「やっだー、怒らないで」

「そもそもなんであなた来てるの」

「うちも娘出てったから」

「……理由になっているようで、なってない」

「トモダーチ」

「はいはい」

「慰めてやろうか？」

「……具体的には？」

「歌う」

「やめて」

「なんでなんでどーしてどーしてさー」

「死んで」

「で、なにしくじったの」

「急に話戻すのやめてくれない……説明難しいし」

「難しい話は耳に入らないいんだけど大丈夫？」

「聞かれても困る。私も、言葉にしようとしても纏《まと》まらなくて……ただ、桜《さくら》はもう家に帰ってこないだろうなぁと感じて、行ってらっしゃいと言えなくて、代わりの言葉を探している間にああ、私の接し方に問題があって、そういうのを失敗した……って思った、のかな」

「言語化できてるじゃん」

「そうね、思ったより単純だった」

「落ち着いた？」

「……そうね」

「私って実は癒やし系？」

「卑《いや》しい系」

「ははは、それ何回も言われてるから上手《うま》いこと言ったとは感心してあげない」

「何回も癒やし系自称してるのあなたそのキャラで……で、そっちは？」

「私？　んー、なんだろ。察してはいたから驚くこともないな。娘まだいますし」

「そう」

「ああでも、抱月《ほうげつ》がもっと小さかった頃を思い出して、歳取《とし》ったなぁってちょっとぼーっとしちゃったか」

「そうね、時間だけは平等にあったはずなのよ。……あったのよね」

「後悔してるの？　安達《あだち》ちゃんとのこと」

「後悔はそんなに……ただ、身体《からだ》の骨が一本どこかに行ったような、少し落ち着かない感じ」

「それで少しなの凄《すご》くない？」

「そうかも」

「私は失敗したなんて感じないけど。安達《あだち》ちゃん、いい子だもの」

「いい子なの？　私は多分、それを判断できないのを失敗と思っているのよ」

「子供が家を巣立つくらい、立派に育った。それで十分じゃない」

「……………………」

「それにさ、家に帰ってこないならこっちから会いに行けばいいだけじゃん」

「あなたね」

「私ね？」

「帰ってこないということから察するものはないの？」

「帰ってきづらいなら、気遣って会いに行かなきゃ！　と思いますが」

「……もういい」

「見捨てるなよぉ」

「時々、あなたが羨ましくなって、最悪の気持ちになる」

「なんて言い草だ」

「どの道、私と桜《さくら》には無理よ。……そういう距離が、一番適切なのかもね」

「じゃ諦めるしかないな、はははは」

「はっきりしすぎて、ムカつく」

「ははは」

「笑うところ一つでもあった？」

「今日はヤケ酒ってやつする？」

「しない」

「賢《さか》しいやつめ」

「少なくとも、あなたとは飲まない」

「一切飲めませーん」

「その言葉を丸ごと信じればよかった」

「ですよねー」

「思い出すと今でも腹が立つわ、このマーライオンが」

『The Sakura's Ark』

バレンタインかぁ、と授業中に頬杖《ほおづえ》を突きながらぼんやり思う。去年もこんな態度で迎えていた覚えがあったりなかったりした。右斜めに位置する安達《あだち》の席を一瞥《いちべつ》すると、ばっちり目が合った。授業の声が滞りなく流れる中、安達《あだち》と見つめ合う。

安達《あだち》は若干目の落ち着きを失っていてそれはいつも通りなのだけど、なかなか逸《そ》らさない。授業は続いているというのに大胆な振り向きである。でもちゃんと前を向こうね、と伝えたいのだけど身振り手振りだと存外に難しい。手を外に向けて振ったら、あっち行けと解釈しそうなのが安達《あだち》だ。目を逸《そ》らしたら自分に問題があったのではと気に病んでしまうのが安達《あだち》だ。繊細である。だから時々、無闇に触らないで少し距離を置いて眺めたくなる。

そんなことを思いながら、安達《あだち》とぼけーっと見つめ合いました。

「おわり」

終わってはいけないのだけど、授業が終わって放課後。日が少し長くなったなと、窓の外を頬杖《ほおづえ》の向こうに見る。夜は十二月が一番長い気がする。長い方がサンタは助かるのだろうか。

まだ夕日の浸食も薄い、薄黄色の光をぼんやり眺めていると……眺めていると、眠くなる。

わたしは夜の真っ暗闇もいいけど、柔らかい光に包まれて眠る方が落ち着くのかもしれない。

昔はこの後すぐ部活に行って汗を流していたんだなぁと中学生しまちゃんの健康的な生活を遠い目で思い出していると、人の気配がしたのでそちらを向く。見るまでもなく安達《あだち》なのだけど。わたしが安達《あだち》の席に行くか、安達《あだち》がこっちに来るか。どっちかしかない。

鞄《かばん》を抱えている安達《あだち》が、やや俯《うつむ》きがちにこちらを窺《うかが》ってくる。

「こっち見てたから、なにか用かなって」

「え。んー……いやあれは安達《あだち》が見てたのだ」

意味もなく逆らって決めつける。安達《あだち》は鞄《かばん》で口元を隠すようにしながら、ぼそぼそ言う。

「しまむらも見てた」

「見てない見てない」

「め、目が合ったけどっ」

「あー……そうだなー……だめだ、なにも思いつかない」

目を開けたまま寝てた、というつまらないのが精々だ。

何の話、と安達《あだち》の困惑が見て取れる。わたしにも分かりません、と緩く頭を振る。

「ははは、ま、気にしないで」

笑ってごまかすと、安達《あだち》がじっと鞄《かばん》の向こうから見つめてくる。

「怒った？」

ぜんぜん、と安達《あだち》が頭を振る。そして、でも、と続く。

「そういうところ、しまむらのお母さんに似てる気がする」

「なにっ」

素直に受け止めづらい指摘だった。むぅ、と唇が尖《とが》るのが分かる。

「そうかな」

「……怒った？」

「いやぜんぜん……そうだね、親に似ているのは当たり前か」

安達《あだち》だって母親に似ている。横顔なんて雰囲気がそっくりだ。

でもそれを言っても安達《あだち》は別段、喜びはしないのだろう。

話を戻すことにした。

「じゃ、どっちも見てたということで」

「うん」

お互いに納得した。さて。

「どこか寄る？」

いつもそういう流れになるので、こちらから聞いてみた。安達《あだち》は鞄《かばん》を下ろして緩んだ口元でなにか言いかけて、でもはっと思い出したように固まる。

「今日は、バイトあるから」

「そっか。よし帰ろう」

すぐに席を立つ。立ち上がると鼻の先に感じる空気が少し変わる。座っている時の方が、温度が高いというか、留《とど》まっているというか。高い場所にいる風の方がやる気があって、動き回っているのかもしれない。

教室の出入り口に向かって歩き出すと、背中に抵抗を感じる。

振り向くと、拗《す》ねた子供みたいに俯《うつむ》く安達《あだち》がいた。

「安達《あだち》？」

「ちょっと、残念がらないのかな、って」

「ちょーざんねんだ」

「もう」

「いで」

安達《あだち》が人の背中を服越しに摘《つま》んできた。無理に摘《つま》んで……無理にね、寄せてね。痛い。

「残念なのはどっちかというと、こっちかも」

並んで廊下を歩きながら、こんこんと自分の頭を叩《たた》く。

「え、なにが？」

「安達《あだち》のバイトに行く曜日くらいいい加減覚えないとねぇ」

自分の生活の一部ではないから、つい頭に残らない。

安達《あだち》はほとんど自分をさらけ出しているのに、知らないこともまだまだある。不思議なものだと思いました。

「そういえば安達《あだち》って、目的なくバイトしてるんだよね」

「うん」

「えらいねー」

「なんか適当……」

呆《あき》れたように、安達《あだち》が少しだけ笑う。

「目的も大してないのに労働が続くってことは……えー、忍耐力がある」

えらいぞー、と安達《あだち》の頭を撫《な》でると満更でもないように頬が緩みかけていた。でもその後、頭をぶんぶん横に振って否定してくる。

「こ、子供扱いは……よくない」

「いやいや子供は働かないじゃん」

わたしとかな。

「だから安達《あだち》はずっと大人で、そこを褒めているだけだよ」

安達《あだち》は高い風なのだろう。びゅんびゅん動き回っている。その風の動きが、時々心地いい。

混じるほどの元気を、同い年なのにどこでなくしてしまったのか。

そうして校門の前まで来て、別れの時。……けど、いつの間にやら握っていた手が離れない。

すったすったと、横に大きく足を動かす。その場に立つ安達《あだち》との間に、綺麗《きれい》な橋がかかった。

これこれ、と目線で橋の中心について訴える。安達《あだち》は繋《つな》がる指先を見つめた後、なにを思ったのかすたすた距離を詰めてきた。いやいや、と思っていると安達《あだち》が不思議そうに首を傾《かし》げる。

「え、そういうことじゃない？」

「どういうことだと思ったの安達《あだち》ちゃん……」

なにを勘違いしたのか、安達《あだち》が夕焼けより早く頬を染める。その頬に髪がかかると、綺麗《きれい》な色合いになるものだなぁと変なところに感動してしまう。

他の生徒も行き来する中でなにやってるんだろうなぁと思いつつも。

「安達《あだち》ってさ」

「な、なに？」

「動物以外で例えると納豆だよね」

「……え？」

そんなこんなで、粘っこい安達《あだち》と別れて一人帰路に就く。しかし冗談は置いといても、授業が終わった後にアルバイトなんて、安達《あだち》は見かけ以上にたくましい。繊細で、脆《もろ》いようで、しなやか。柔らかいから折れたり曲がったりしても、決して崩れない。

そういう安達《あだち》の強さは、なかなかに尊敬している。

「本人はよくがちがちになってるのにねぇ」

「安達《あだち》」

はっは、と多分その原因が笑う。今更だけど、わたしにそんなに緊張させるものがあるのだろうか。中学時代の狂犬しま子ちゃんはともかく、今は自分で言うのもなんだがいい加減だと思うのだけど、逆に態度が適当だからおっかなびっくりなのかもしれない。

安達《あだち》には割と、ちゃんと自分の意思を伝えている……つもりではある。

安達《あだち》からのご意見や気持ちは大変分かりやすい。前は挙動のせいで難しい場面もあったけれど、今は一歩引いてその全体を見るようにすれば大体伝わってくる。それは十七歳、そしてこれから十八歳になっていくわたしたちには、稀有《けう》な才能かもしれなかった。

まっすぐ歩いていてもいつの間にか屈折していく。安達《あだち》は、その中でまっすぐ交わっていく。もしも尖《とが》っていた頃に安達《あだち》と出会ったら、どうなっただろう。

意味はなく、そんなことも時々考える。

わたしたちの出会いから体育館も、夏も、蟬《せみ》も、なにもかも取り除いて。

何も起きないのだろうな、と空っぽの世界を見つめてそう思った。

「おや、しまむらさーんではないですか」

呑気《のんき》ないつもの声が頭の上から聞こえてきたので、一瞬びくっとした。そして上を向くよりも早く、きらきらしたものが降ってくる。はぁーと溜息《ためいき》混じりに、頭の上のそれを摑《つか》む。で、隣に下ろす。知らない間に頭に乗っかってくる知り合いは一人しかいないので確認するまでもない。地球上くまなく探してもそんなのはこいつしかいない気もするけど。

ヤシロだった。今日は魚を模したパジャマ……いや着ぐるみ？　何の魚かはパッと見て判別できない。普段の生活の範囲だと大体の魚は切り身でしか見ないものだ。鳥や豚もそうか。ふと意識してみると、凄《すご》い世界だなって思ってしまう。

「こんにちはー」

「はいはい、こんにちは。人の頭に気軽に乗らないように」

「なぜです？」

魚類はヒレをぴちぴちさせながら、何の問題もなく陸地を歩いている。

なぜですと聞かれても……なぜですかね？

「しょーさんは喜ぶのですが」

「妹はキラキラしたものが好きだからねぇ」

妹は時々、ヤシロを妖精みたいだって語る。妖精ねぇ。確かに鱗粉《りんぷん》というか、光る粉を撒《ま》いているのは妖精度の高さを感じる。宇宙人と妖精ならどっちの方が現実的なのだろう。

「ちなみにこれはカツオですぞ」

「へぇー」

「チキュージンが着て歩いていたので参考にしました」

「それ本当に地球の方？」

海から侵略に来た半魚人の尖兵《せんぺい》じゃないだろうか。……いや、半魚人も地球の生物か。

そうなのか？

「今日はしまむらさんたちにご用があって来ましたぞ」

「用？　珍しいじゃん」

毎日理由もなく当たり前に家にいるのに。

「なんと、チョコレートを届けに来ました」

「ほほぅ？」

続けて意外な用事だった。

「いわゆるばれんちゃーんでーですな」

「……なにを指しているかは大体伝わった」

日付は大分違っているけど。ヤシロにとっては日付も曜日もあまり意味をなさないのだろう。自称何百歳なので時間への感覚がおかしいのだ、多分。

そういえば、安達《あだち》とばれんちゃーんでーの話をしなかったな。

もしかしてわたしの方だけ意識していた？　と思うと、少し恥ずかしかった。

そのままてってこと一緒に家へ帰る。魚が横にいるせいか、いつもの道より寒気を感じた。単に普段より気温が低いだけかもしれない。

玄関の靴を確かめると、あるべき数が少なかった。

「妹はまだお帰りじゃないと」

「おや」

「最近の小学生は忙しいですなぁ」

「ですなー」

暇そうな小学生っぽいやつが、呑気《のんき》にサンダルを脱いだ。雑な置き方なので仕方なく揃《そろ》える。

そして先に上がったヤシロが、得意気に背びれを泳がせながら向き合ってくる。

「しまむらさんと、しょーさんと、ママさんにパパさんの分もありますぞ」

ヤシロが着ぐるみの奥から次々にチョコレートを取り出す。エラの奥にはとても収まりそうもない四つのしっかりした箱が、小さな手の上に積み重なる。

「へぇー……これ買ってきたの？」

出所が少々気になって確認してみる。「はっはっは」と魚が笑い飛ばしてきた。

「昨日てれびを見ましたからな、さんこーにしましたぞ」

「見ましたけれど？」

「はははは」

「いや笑ってないで」

「こねこねしました」

両手の指をこねこね絡《から》めて、ぎゅっと固める仕草をする。

「こねこね？」

こねこねと言っても手作りとは少しニュアンスが違いそうだった。こう、無からこねこねして作り上げるというか。よく見ると、チョコの箱は包装のリボンの右端が全部小さく折れていた。まるで、一つ目をそっくりそのまま真似《まね》たように。

「んー……」

カカオ入ってなさそうなチョコレートだなぁ。でも、ま、いいか。

鞄《かばん》からアイスクリームを取り出す宇宙人みたいなものだろう、多分。

それでいいやと思った。

「とりあえず、妹は喜ぶんじゃない」

「しまむらさんはうれしーではないですか？」

ヤシロは無垢《むく》な瞳を丸くして首を傾《かし》げる。

「んー……いや、うん。嬉《うれ》しいか」

なんでわたしは些細《ささい》なことからも逃げてばかりになったのだろうと、ふと疑問に思って。

だからなんとなく、逃げないでみた。

誰かからの贈り物を、素直に喜ぶ。

声に、態度に、逸《そ》らさず出していけばいいのに恥ずかしがって。

本当に恥じるべきなのは、そんな簡単なこともできなくなっていた自分なのかもしれない。

「嬉《うれ》しいよ、ありがと」

よしよしと頭を撫《な》でる。魚の頭を撫《な》でることになったけど。

光る魚はとても満足そうな笑みで、尻尾《しっぽ》をびたんびたんと振る。

いい雰囲気なので、どうやって動かしているかは有耶無耶《うやむや》にした。

「ということでチョコくださいな」

空いた手をささっと差し出してくる。

「去年よりちょっとバレンタインを理解してきたな」

誰が教えたのだろう、妹かな？

「今すぐにはないから、そうだな……じゃ、妹が帰ってきたら一緒に買いに行こうか」

「わほーい」

魚が喜ぶ、ぎょぎょぎょぎょといやなんでもない。しかしこの魚と買い物に行くのか。

「うぅん……ま、いいか」

脱いでもどのみち目立つし。

「ちょっとぉ」と母親がいきなり廊下に出てきた。そのままどたどた走ってくる。

「早く来ないから私が急に出て驚かそうと待ってたのが無駄になっちゃったじゃない」

「妹でもやらないんだけど、そういうの」

「小学生より若々しいとかヤバくね？」

はっはっは、と笑い流してくるのですぐに諦めた。この母に対しては諦めの早さが肝心であると父の姿勢から学んだ。しかし厄介なのは、露骨に見ないふりして無視を決め込むと執拗《しつよう》に絡《から》んでくることである。中学時代は本当にそれが嫌だった。それで、喧嘩《けんか》もして。

あの頃の自分を振り返ると、驚くほど口が悪くて、それが少し古傷のように痛む。

今、この母に強く出られないのはそこから引きずる小さな罪悪感のせいかもしれない。

「やーやーママさん」

「どうした魚類」

「これはママさんへのチョコです」

「おん？　どしたどした」

「ばれんちゃーんでーですぞ」

「たまには気が利《き》くじゃない」

母親もヤシロの頭を撫《な》でる。丁度、撫《な》でるのにいい高さに頭があるのだ。

「ではお返しに安い板チョコを買ってやろう」

「わー」

いいのかそれで。

「……ふむ」

本人が喜んでいるのでま、いいかと思った。結局、納得できればいいのだ。

ヤシロはそれから家に上がり込んで晩ご飯食べてお風呂《ふろ》入って妹と一緒に寝たけど、いつものことだった。

人間はどんなことにも慣れていく。

当たり前を増やして生きていく。

忘れると慣れるを繰り返し、少しずつ傷を広げて、痛みに耐えられる幅を増やして。


家族とおまけが寝入り、夜も深まり、勉強の手も重くなる。

シャープペンを一旦置いて、伸びをする。それでも眠気が瞼《まぶた》から逃げないので、何しようかなとこたつ机に潰れながら思案する。もう負けているとも言う。

今日はもう寝てしまおうか、と半分電源の落ちている頭で考えていると電話が鳴って頭の奥に光が差し込む。潰れたまま手を振って、音を頼りに電話を探した。

「安達《あだち》かな」

深夜帯にはあまり電話をかけてこないのだけど。手に取ってから、いや違うかと思い直す。

安達《あだち》ならすぐに電話をかけないで、まず聞いてくる。直接繋《つな》がろうとしてくるのは。

「たるちゃん」

樽見《たるみ》だった。珍しい……珍しいっていうのも変か。でも最近はかかってきていなかった。

中学校に上がってから、クラスが違ってなんとなく付き合いがなくなった頃をふと思い出す。

丁度一年くらい前に偶然会って、それから数えるほどしか会っていない。また自然と疎遠になってきていて、もしかすると樽見《たるみ》とわたしの関係は維持がとても難しいのかもしれない。そんなことを思いながら、電話に出る。

手のひらに感じるのは、糸電話のような頼りなさだった。

「はぁい、もしもし」

安達《あだち》と違って、樽見《たるみ》への第一歩は少し悩む。

おかしなものだなぁと秘《ひそ》かに思う。

付き合いは樽見《たるみ》の方がずっと長いのに。

『よっす』

「えっと、ちはーっす」

『ごめん、寝てた？』

「勉強中だったぜぇ」

『あ、見栄《みえ》張った』

張っていないのだが、と開きっぱなしのノートを一瞥《いちべつ》する。見せられるものなら見開きで掲げたい。ノートの端の空白を見つめながら、樽見《たるみ》の声を待つ。

『しまちゃん？』

「え、なになに」

『いや、なにも言わないから……』

「ご用件を伺おうとじっと待っています」

どてらを羽織り直しながら、丸めた背を伸ばす。

『そ、そうでしたか。それはご無礼を』

「いやいや、ほほほ」

ついヤシロの笑い方を真似《まね》してしまった。いかんいかん、と声に出さないで反省する。

少しの間を置いて、樽見《たるみ》が一旦助走でもつけたように息を吸い。

『いや、用事は……いや用事はある。うん。遊ぼうよ』

「今から?」

時計を見るまでもなく日付が変わってすぐの時間からとは、さすが不良だぜ。

そういえばまだ樽見《たるみ》は不良現役なんだろうか。母親繋《つな》がりで伝え聞くには、樽見《たるみ》は家の手伝いも嫌がらない孝行娘という。不良要素あるのかな?

『あっと、しまちゃんさえよければ構わないんだけどなー』

「よくないです、ねむねむ」

『ま、そうだよね。……で、寝てからでいいけど遊びに行かない?』

そういう話か、と思った。そういう話以外あるはずもないのに。

んー、とちょっと迷う。

今までならいいかぁとすぐ返事をしたけど、今は安達《あだち》が頭に引っかかる。安達《あだち》は、嫌がるだろう。猛烈に嫌がるだろう。そういう子だ。安達《あだち》は感情の塊で、本当に簡単に揺らいで、煽《あお》られて、炎のように不確かでそして、燃え広がる。

安達《あだち》に貰《もら》ったものを見てあんれーそんれーしようとエモーショナルを求めたけど、手近になかった。代わりにいつの間にか側《そば》にいたあざらしくんのぬいぐるみのお腹《なか》を撫《な》でて、触り心地になごんで、さてと顔を上げる。

「遊びに行くのも了承というか、なんというかですね」

『了承？』

事細かに説明するか、鼻の横に指を押し当てながら悩む。それを樽見《たるみ》に話してどうするんだろう？　という気持ちと、これからのことを踏まえて、きちんと話しておいた方がいいという気持ちが面倒くささと三すくみしていた。取りあえず面倒くささは問答無用で退場させないといけない。動くとき、わたしはいつもそこから始まる。生来の怠け者なのだろう。

「んーむ」

『しまちゃん？』

樽見《たるみ》は、いいやつだ。それだけは良く知っている。

いいや、言っちゃおう。

「実は彼氏じゃなくて、彼女ができてさ」

『……え?』

樽見《たるみ》の呆《ほう》けた反応を感じて、今が攻めるときと見た。

「だから好きに遊んでると彼女に申し訳なくてねー、ははは」

ので、畳みかけた。区切って何回も話すのはこっちも言葉に詰まりそうだった。

「……ははは」

独特の気まずさに気圧《けお》されて、無意味に笑う。その後も樽見《たるみ》の沈黙の間、「いやははは」を繰り返した。間が空くと取りあえず笑っているヤシロの真似《まね》みたいになってきた。あの謎の生物に少なからず影響を受けている自分を、現実逃避のように見つめてしまう。

やがて、樽見《たるみ》の声が螺旋《らせん》を描く。

『まずぇ?』

「まじぃ」

わたしも一年前からすれば信じられないけど、そういうことになっていた。

『か、彼女?』

「うんうん」

そういえば前に、彼氏はいるのかって聞かれたことがあった気がする。そのときはいないと言ったし、今もいないと言える。しかし彼女は確かにいるのであった。

人生って不思議だ。或《あ》いは、安達《あだち》と出会ったときにはすべてが決まっていたのだろうか。

安達《あだち》っていつからわたしが好きだったんだろうなーって、今更、こんなときに首を傾《かし》げる。

『そ』

「……そ?」

樽見《たるみ》からの続きはなかなかやってこない。そで止まってたが来ない。

空になったカップの底を覗《のぞ》きながら、残る香りにぼんやり思考を揺らされていた。

やがて。

『そう、なんだ』

続きは無難な反応だった。しかしそこには隠しきれない動揺が詰まっている。そりゃあ、驚くか。抵抗だってあるかもしれない。言ってしまってよかったのだろうか? と少し思う。でも樽見《たるみ》は友達だし。友達から目を逸《そ》らすのは、できれば、もうやめたい。

『しまちゃんに、彼女。へぇ、へ、へぇー』

「あ、平静装《よそお》わなくても大丈夫だよ」

なんならわたしも平気ではないのだ。ので、敢《あ》えて両方とも慌てふためこう。

あわあわとやる気なく左右に身体《からだ》を揺らしていると、樽見《たるみ》の上擦った声が来た。

『す、進んでる、ね』

「ま、女子高生ですから……ですので」

『そうなんだ、彼女……そっか』

樽見《たるみ》の声はクチバシでも閉じたように、先端が潰れて聞こえづらい。

反応しづらくて、待つ時間が増える。

時々謎のあざらしくんを撫《な》でながら、詰まりそうな息をゆっくりと吐いていく。

『そういうことは、そういうこととして』

「こととして?」

『一回、会いたいんだ。会えない?』

声は汲《く》み上《あ》げた冷たい水のように、わたしに浸《し》み込《こ》む。

鋭く指先を痛めつけながら。

「いいよ」

改めての樽見《たるみ》の誘いを受ける。

一度会って話をして……なんだろう。して、なにかあるのだろうか。

分からないなと思った。思ったから、やってみようとも思った。

「じゃ、明日にするか」

『明日⁉』

「あれ、ダメだった?」

学校帰りに丁度いいかなぁと思ったのだけど。でも休日にお互いの家にでも行く方が近いだろうか。

『いいけど、こういう時、しまちゃんていうか、そっちが決めるのって珍しい流れな気がしたから』

「そうかな……いやそうかも」

『しかも超さっくり』

「早い方がいいかと」

後になるほど考えることが増えそうだから。

『でも……しまちゃんらしいか』

樽見《たるみ》の声に少し嬉《うれ》しそうなものが混じったのは、こちらの勘違いだろうか。

『じゃあ、明日……学校終わって、駅前でいい？』

「おっけ」

『うん……うん』

声は水に溶けるように曖昧となり、繋《つな》がりと共に消えていく。

電話を切ったのは、樽見《たるみ》からだった。

「んー……」

すっかり眠気が飛んでいったのはいいけど、代わりに気怠《けだる》さめいたものが宿る。

決着というと大げさだし、どこか違う気がするし、気負いすぎなきらいはあるけど。

でも、それに近い硬質なものがお腹《なか》の底でごろごろ転がっているように思えた。ワニにでもなった気分だ。そういえばヤシロがワニの格好しているのは見たことあったかなぁと、かなりどうでもいいことを思い返していると、別の人からも連絡が来ていることに気づいた。

「おっと、今度こそ安達《あだち》」

『電話していいですか』

少し前にそんな連絡……連絡？　が来ていた。ほぅほぅとその簡素な文を見ていたら、『いいですか』ともう一度ぽこんと来た。ちょっとぎょっとする。……あれか、既読がついたから再度質問してみたのかな。電話の前でじっとしている安達《あだち》を想像して、うむ、と流した。

「いいですよーっと……」

返事をしたら早速かかってきた。いやはや安達《あだち》だなぁと思いました。

「もしもーし」

『こ、こんばんは』

微妙に噛《か》み合《あ》わない挨拶に少し笑う。で、こっちも「こんばんは」とお返しした。

『寝てた？』

「猛勉強中」

『あ、そうなんだ』

「みなさんさっぱり信用しないね」

しかも寝ていたかと聞くところまで同じと来る。わたしは猫かなにかと思われているのか。

『いや、いやしまむらはがんばってると思うよ』

「ありがとよー」

『でも返事が、ちょっと遅かったから。寝てたのかなって……』

ああ、とそんなことかと思って軽く答える。

「今まで電話してたからさ」

だからちょっと遅れちゃったーとまぁわたしはそれくらいの気分だったのだ。

『……………………』

「あだちっち？」

安達《あだち》の息づかいが乾燥したように感じたのは気のせいでしょうか。

『誰と電話してたの？』

「ん、友達」

『……………………』

「そこで無言になるのはやめなさい安達《あだち》ちゃん」

『だって、』

「だってしない」

『……だって』

拗《す》ねた子供みたいな調子についい笑ってしまう。

『お、おかしくない』

「いーやおかしかった。あのねぇ安達《あだち》、あー、うーん、そうだなー」

困ったねーと目を右に泳がせて笑う。どうしますかねぇ、と横になって対応を迷う。

色々、立て看板は見える。茶化す、怒る、真面目になる。昔は怒るを多用していた。なにがそんなに気に入らなかったのだろう。振り返ると中学時代の自分が睨《にら》んできて、なかなか話を聞けない。へらへら笑って近づいたらバスケットボールを投げつけられそうだった。

「友達はとっても大事ですぞ……って、安達《あだち》は友達いないか？」

『うん』

嫌な気持ち一つなさそうに肯定してくる。そうだった、とあっさり説得に失敗する。そもそも安達《あだち》からすれば友達だろうと家族だろうとその辺の人だろうと変わりないのかもしれない。

となると、こうか。

「前も聞いた気がするけど、わたしってそんなに信用ないかな」

そんなにも他人に関心がないように見えるのだろうか。これでも安達《あだち》のことはちゃんと考えているつもりなのだけど。

『信じてる、けど』

「ほんとぉ？」

『しまむらが私以外と楽しそうだと……淀《よど》む』

「淀《よど》む？」

『胸に泥水が入ってくるみたいで』

「そこまでかー」

『しまむらの全部を、他の人にあげたくない』

「んー……」

超愛されているのはこの際オッケーとして、安達《あだち》は……深いねっ。深い。大海。気軽に泳ごうとすると遭難する。詩的に言うとそうなる。はっきり形容すると、束縛系彼女。

ただねぇ、と手を振る。

二人で生きていくことはできたとしても、二人だけで生きていくのはとても難しいのだよ安《あ》達《だち》ちゃん。わたしの頭が安達《あだち》になれば或《ある》いはと思うけど、それは、『二人』じゃない。

「わたしはねぇ、他の人と話してるときも安達《あだち》のこといっぱい考えてるよ」

取り繕っているわけではなく、本当にそんな風になってしまった。安達《あだち》はそれだけ強烈にわたしに食い込んでいるのだろう。脇腹のあたりに噛《か》みつかれていると思う。どうあっても無視することができないほど、がぶっと来てる。

「だから安達《あだち》に信用されてないと正直、けっこうへこむ」

わたしはなんというか、あまり人に踏み込む方じゃなくて。

それは自分を深く知られたくないという意識から来るもので。

そういう垣根を取り払って向き合っている安達《あだち》がこうだと、なんだかどうしようもないような気持ちになってしまいそうだった。寂寥《せきりょう》や諦めが混じった、暗く青い感情が波のように押し寄せてくる。夜の浜辺に独り座っているようで、でもそこには落ち着きも感じる。

感じるから、気を抜くと留《とど》まってしまいそうで、なんとか立ち上がらないといけない。

そのために手を引いてくれるのが、安達《あだち》であってほしい。

『ごめん』

「別に安達《あだち》が謝ることじゃないけど。ただ……難しいね、気持ちをちゃんと行き来させるのは」

正面から伝えても疑われることだってあるのだから、わたしにはとても最良の方法が思いつかない。一方、安達《あだち》から来るものは全面的に信じてしまっている。だって、分かりやすいし。

『本当に、しまむらのことは信じてるから』

「うんうん、超愛してるぜー」

『……やっぱりちょっと信用が……』

なじぇ。

「さてと、なんの話だったっけ」

『えっと……あれ、まだなにも話してない、かも』

「ああ安達《あだち》に詰め寄られてただけか」

『つ、詰め寄るとかそこまでじゃない……と、いい』

「真面目な話はこの辺でいったん休憩して、なにか楽しい話をどうぞ」

『えっ』

「いや電話をかけてくるならなにかあるんじゃないかなーって」

ウキウキしようぜ、と時計を見上げながら要求する。明日に備えて寝た方がいい時間だった。

ウキっている場合ではないけど、あえてウキる。

「ウキ」

『うき?』

「ちょっと先走ってしまった。さぁどうぞ安達《あだち》さん」

胸の泥水を存分にろ過してほしい。でもろ過しても残った泥はどこへ行くのだろう。

『あ、じゃあ』

「はいはい」

『実は来週、バレンタインっていうのが、あって』

「あー、あるらしいねぇ」

すっとぼけてみる。

「そんなのもあったねぇ」

『あ、あるんですねぇ』

無理に合わせなくていいのに、と目を逸《そ》らして笑う。

「それでそのばれんちゃーんでーになにかご用が？」

『それはですねぇ……あの、今年もやろうって』

安達《あだち》が素に戻ったので、こっちもいつも通りに応える。

「いいよ……今年も、バレンタインやっちゃおうか」

『あ……うん！』

安達《あだち》がぶんぶん頭を縦に振っているのが見える。直接見なくても、人間は他のたくさんのものでその人を感覚の中に収めることができる。そういうことができる人間なのだから、なるほど超能力とかそういうものを信じる人が出てくるのも分かる気がした。

『また買いに行く？』

「でもいいね。去年のチョコ美味《おい》しかったし」

ちなみにヤシロから今日貰《もら》ったチョコはちゃんと甘かった。中身は動物を模したチョコで、中央に位置する謎の生物だけは家族の誰も分からなかった。そしてヤシロも知らなかった。

不思議ですねーと、板チョコ四枚を指の間に挟んだヤシロは幸せそうだった。

「名古屋《なごや》行く用事ってこれしかないね」

『うん』

「高校卒業したら増えたりするのかなぁ」

それとも、実家から離れて生きていくのか。わたしがぁ？　と思わず天井を見つめる。

『しまむらは、進学希望？』

「んー、どうしましょ」

熱心になにか学びたいこともなく。かといって高校を出てすぐ働く自分も想像できなくて。

頭の中の自分は常に高校生で、そこから動こうとしない。安達《あだち》と毎日、呑気《のんき》に学校に通う時間が永遠に続くんじゃないかって思ってしまっている。そんなはずはないと教えてくれる友達がいるのに、まだそこに浸っている。未来がぼんやりしすぎているせいもあるかもしれない。

「安達《あだち》は？」

ちょっと逃げる。

『私は、考えたこともないや。働くかも』

「中華料理の達人安達《あだち》かー」

『それはないと思う』

でも実際、安達《あだち》もわたしもいつかは働くわけで……そのとき、わたしたちの関係はどうなっているのだろう。多分一緒にいるとは思うけど、未来のことなんて分かりはしない。

気持ち以外の理由で離れることもある。たとえば、隕石《いんせき》が降ってきて人類滅亡とか。

人類が消えてもヤシロは平気でその辺歩いてそうだけど。

……ま、この話は今いいか。ただでさえ明日の話は少し暗そうなのに。

「安達《あだち》、ちょっと話を戻すけど」

『ん、えぇと？』

どの話か分かっていない返事だ。

「明日、その友達に会ってくるよ」

真っ正直に告げる。対する安達《あだち》ちゃんは無言だ。息づかいも遠くなるとやや怖気《おじけ》づく。

安達《あだち》の愛は混じりっ気なさすぎて、時々、触ることさえためらう。

「安達《あだち》に嘘《うそ》をつかないというのが、わたしなりの……なに、愛ってやつだぜ」

前に黙っていたら大変なことになったし。有耶無耶《うやむや》ながら突っぱねて流したけど、よく回避できたものだなぁとしみじみする。できてたか？　紙が水を吸い込んでぐしゃっとなったくらいには致命的だったけど、よくパリッと戻ったものだ。安達《あだち》は魔法使いなのかもしれない。

『日野《ひの》とか、永藤《ながふじ》じゃなくて？』

「うん」

『あの…………………』

何か言いたげな声の区切り方だった。まるで心当たりでもあるように。安達《あだち》と樽見《たるみ》って会ったことあったかな。あったら安達《あだち》が拗《す》ねてそうだし、ないか。

『私もついていっていい？』

「んー、そう来るかぁ」

カルガモの親子を連想する。安達《あだち》ならそうするよなぁと解釈通りな半面、いやいやともなる。

色々理由を考えたけど、嘘《うそ》はつかないと言ったばかりだった。仕方ない、はっきり言おう。

「安達《あだち》がいると話が成立しないんじゃないかなーって、しまむらさんは思っちゃうのね」

それに安達《あだち》と樽見《たるみ》を正面から向き合わせたら……あれじゃないか、あれ。

端的に言えば、めんどくさそう。

誰も収拾つけることができそうもない。

「一度、会って話をしておきたい相手なんだ。ご理解いただけると助かる」

くっついてもいないのに別れ話を済ませるような、不思議な心境だけど。

しかし友達に会うためにこれだけの手続きが必要なんて、安達《あだち》は。

安達《あだち》は……わたしを骨まで丸ごと包んでくるなぁとおもいました。

『……ん』

もう渋々といった感じの、硬い、小石みたいな返事だった。

いいよいいよとか、全然どうぞとか。

普段は自分を偽ってでも気を遣うのに、こういうことだけは譲らない。

良《い》いとか悪いとかではなく、安達《あだち》はそういうやつなのだ。

「安達《あだち》が我慢したらねー……なにか欲しいものある？」

ご褒美《ほうび》で釣ろうとする安易なわたし。

『か、考えとく』

釣られる素敵な安達《あだち》。

かくして、無事に一つの壁を越えたのだった。

「彼女との会話っぽかったなぁ今日のは」

電話を置いてそんな印象をまず漏らす。そして体験してみた感想は、痛む内臓が語る。

体育座りしながら、あざらしくんを抱きしめる。

彼女というのはあれだな、ややこしいな。密着するくらいの距離で人間関係を育まないといけないから防御が大変に難しい。殴り合いがいつまでも続くから体力が先に尽きた方が負ける。

そして負け続けると、多分破綻する。

程よく殴り合わないといけないのだった。

「険しいねぇ、人生って」

平坦《へいたん》に歩いていくこともできる。だけど自分の意思で山を登ってしまう。

自分で生きることを難しくしていく。

それでも、納得したいから。


「安《あ》達《だち》ってさー、いつからわたしのこと好きだったの?」

そういえば昨日気になったなとふと思い出して、お昼休みに聞いてみた。「はじゃぶっつっ」と咄嗟《とっさ》の発音が人類としては安達《あだち》以外に困難そうな反応と共に肩と首が固まった。いつももそもそと、俯《うつむ》きがちに食事をとっているだけの安達《あだち》には珍しく、呑《の》み込《こ》めないそれが頰を膨らませている。

なかなかかわいい。

そして顔色が赤くなるどころか青くなってきたので、慌てて水を差しだす。安達《あだち》は一気に水ですべてを流し込んで、むせることもなく自由になって、そして冬に似つかわしくない汗を額に浮かべていた。安達《あだち》あったかくなるの早いな。冬に強い生き方だ。

ぽっかぽか安達《あだち》を羨むように眺めていて、途中ではっとなる。

わたしも教室にいるのに、大胆なことを聞いてしまったものだ。

安達《あだち》の毒が回ってきたのかもしれない。ま、いいか。一度聞いたなら最後まで行こう。

「ねぇねぇ、いつからぁ？」

甘える素振りを意識したら、若干煽《あお》っているようになってしまった。難しい。

安達《あだち》は目を見開いたまま、唇だけがカタカタ機械的に動く。

「き、気づいたら……」

「そりゃロマンティックだねぇ」

特別なきっかけとかはないらしい。あれ実はろまんちっくじゃない？

「なんで？」

「？　なにが？」

お弁当箱の端っこの卵焼きをかじりながら質問の意図を問う。

「なんで、聞いたのかなって」

「ん、なんとなく」

「そか」

そうかなのか、そうですかなのかどちらを言おうとしたのか悩むところだ。

我が家の卵焼きは相変わらず甘めで口に合う。家の人間はみんな甘い味付けが好きだ。ヤシロもそういうものが大好きで、だから居ついたのかもしれない。

ご飯に箸を入れたところで安達《あだち》がまだこっちをじっと見ていたので、念を入れる。

「本当にちょっと疑問だったから聞いただけだよ」

「そ、そうなんだ……」

「んむんむ」

「し、しまむらは？」

「んむんむ？」

「いつから、あの、好きかなって……」

口と目の輪郭がふるふるしている。どちらも突っつけば割れて安達《あだち》が溢《あふ》れそうだ。

なんだ安達《あだち》が溢《あふ》れるって。

「わたし？　んーとねー、内緒」

「ずるい」

「安達《あだち》も答えがあってないようなものだし」

ただ少なくとも、出会ったときは別段好きでもなかったということだ。

わたしを好きじゃない安達《あだち》。今となってはあまりイメージもできない。

初期安達《あだち》なんだろうけど、その言葉遣いや仕草も大分忘れてしまった。

「……そもそも、好き？」

ちらっとこちらを窺《うかが》ってくる。なぜこんなに疑われるのだ、わたしは。

「だーいすきさー」

……こういうところだろうか？

でも正面から羞恥に耐えて堂々と言おうとしても、頬と口が堅くなる病気にかかっているので許してほしい。

安達《あだち》は何か言いたげにじっと見つめてくるので、「いや好きです、好き」と取り繕った。

いつから好きだった、か。

わたしの方は割とはっきりしていて、好きだと言われたから好きになったのだろう。

なんだかとても軽く聞こえるけど、そういうものなのだから仕方ない。

つまり具体的に言えば、一緒に花火を見たときからだ。

去年の夏からと考えると、もう結構長い時間好きなのだなと改めて思う。

少し照れて、お弁当の味が感情に紛れた。

お互いに食べ終えても安達《あだち》の耳はうっすら赤いままだ。紅葉みたいなのでしみじみ見ていると。

「ちょっとあの、顔洗ってくる」

額の汗に気づいた安達《あだち》が、パンの袋を片付けながらとことこ教室を出ていく。化粧いいのかなと思ったけど汗まみれだものな、この時期に。主にわたしのせいで。

「わたしかぁ、いけないいねぇ」

無責任に反省した。

そのまま弁当箱をしまって、ぼーっとしていると席の近いパンチョが机の横を通り過ぎるときに、ふと目が合う。修学旅行以来、ほとんど話していないパンチョがやや反応に困っているみたいだ。別に無言で去ってくれてもいいのに。右手にはわたしと同じく弁当箱の包みがあった。

「や」

「やんや」

よく分からないけど同じ反応にしないという気遣い……？　気遣い？　を感じた。

パンチョがぎこちない挨拶とは裏腹にてってこ軽快に離れていく。

と思ったら弁当箱を置いて引き返してきた。

「ねぇしまむらさんって、この時期はどんな感じなの？」

「なんの感じ？」

この時期は冬眠したいなぁとか考えている堕落した生き物だけど、そういうことではなさそうだ。

「いや、バレンをタインでデーするのかなぁって」

区切る箇所を明らかに間違えている問いかけだった。

「デーするよ」

「へへぇー」

ひれ伏しているような反応を見せるパンチョが、半歩近寄って声をひそめる。

「去年はどんな感じだったの？　あ、そもそも去年はあったのかな……」

「去年？　去年は……指相撲してた」

確か。

パンチョが腕を組んで、優雅に首を傾《かし》げる。浮かべている疑問符が周囲にも見えた。

「指相撲って、なにかの比喩？」

「そんな教養はないよわたし」

指相撲で世界を語れるほど頭は良くない。パンチョはどんどん傾いて片足が上がるほどとなり、軸足一本で姿勢を維持しているので筋肉は好調らしい。やがて理解を諦めたのか足が戻る。

「深いね」

「うむ」

互いに明らかに分からないままパンチョが去っていった。そして席について少し経《た》ってから自分の両手で指相撲を試そうと苦心しているのをぼんやり眺めて、パンチョがいいやつだと確信するのだった。友達というわけではは多分ないけれど、不思議な間柄だ。

そんなことがあった。ちなみに安達《あだち》は昼休みの終わるぎりぎりに戻ってきた。

水で額に張り付いた前髪を指摘するか、ちょっと迷った。

そんなこんなで放課後を迎える。電話を確認して、連絡はないのを見てから席を立つ。

「たーるたーるたるちゃーん……」

歌ってみれば少しは気持ちが柔らかくなるかと思ったけど、そんなに変わらなかった。

おかしいな、友達に会いに行くのに。

わたしと樽見《たるみ》の間にかつてあったものは、どうやって生まれたのだろう。

下駄箱《げたばこ》まで来て、振り返る。教室から後ろをついてきていた安達《あだち》の足がぴたりと止まる。

お預け、じゃなくて。

「じゃ、行ってきます」

安達《あだち》に一応挨拶する。その安達《あだち》の瞳が少し潤んでいて、あーとなったり、うぇーとなったり、んーむむとなったりしてからあぁ難しい難しいと嘆く。在り方を、ありのまま伝えることは本当に大変で、安達《あだち》はどうやってそれをいとも容易《たやす》く為《な》しているのだろう。

わたしは当たり前だけど安達《あだち》にはなれない。

でも、少しくらいなってみようかって時々思う。

「安達《あだち》や」

ちょいちょい手招きする。ちょろちょろ近づいてきた安達《あだち》の左手を取り、その甲に唇を押しつけた。

安達《あだち》の手は指まで十分に冷たく、わたしの唇から潤いを吸い取っていくようだった。

ぢゅーっとしてから、手を離す。

離れた安達《あだち》の指はカニみたいに開いたり閉じたりしていた。

「こういうことだから」

「え……ほ？」

呆然《ほうぜん》とする安達《あだち》を置いて、「ごきげんよう」と歩き出す。実際、今どんなご機嫌だろう。

『なかなかですな』

なぜかヤシロの声が頭の中に再生された。あんたには聞いてないって。


ご機嫌的には、決して明るいものばかりではなかった。

いやむしろ、明るい方が少ないだろう……多分。

肩にかけた鞄《かばん》の紐《ひも》が重く感じられる。向かい風が強くないことだけが幸いか。それでも耳と髪が一緒くたになって張り付きそうなくらいには寒々しい。気が落ち込むのをその寒さのせいにすることができるので、冬も存外便利かもしれなかった。

学校から結構な距離のある駅前まで黙々と歩きながら、吐息を凍らせる。

なんでこうなるかなぁって気持ちも大きい。ただ友達と会うだけなのに。

いや、ただではないか。

昔の友達、は難しい。昔と今が混じり続けるから、対応に困る。

難しいのが嫌なら昔にならないようにしろってことなんだろう……多分。だから安達《あだち》は普段からあんなに一生懸命なのかもしれない。今であり続けた先にあったものに、安達《あだち》は満足しているだろうか。安達《あだち》は大人しく端整な顔と雰囲気と裏腹に貪欲なので、まだまだ満ち足りていない可能性は大いにあった。

などなど考えながら、駅に向かった。歩いていくにつれて、安達《あだち》の割合が増えていった。

それが今のわたしの、心のありようなのだろうと思った。

駅には割と来ても電車に乗る機会はほとんどない。待ち合わせ場所に決めたバス停の近くをうろついて、樽見《たるみ》の姿がないことを確認してから案内図の側《そば》に立つ。

『着いたー』

樽見《たるみ》に連絡を取る。返事はすぐだった。

『着くー』

どこだどこだ、ときょろきょろする。

随分な大荷物を抱えた樽見《たるみ》は、少し遅れてやってきた。

屋外で多くない人の数の中でも、近づくお互いの足音はすぐに紛れてしまいそうだった。

「よ、よっす」

「こんにちは」

まだお嬢様を引きずって丁寧に挨拶してしまう。危うくごきげんようと言いかけた。

出会い頭に別れてどうするのだ。

それはそれで楽かもしれないけど、と頭の隅で思う自分を戒めたい。

「わぁ、しまちゃん……見違えてないな」

「そりゃねぇ」

樽見《たるみ》も大して変わらないけど、髪が少し短くなったように見える。切ったか聞いてみようかと思ったけど、話が広げづらいのでやめておいた。かといって、他になにを話そう。

最近の樽見《たるみ》と会うと、いつもそんなことで悩んでいる。同じ生活圏にいないとこうも嚙《か》み合《あ》いづらいものか。学校という場所が思いの外大事なんだってこういうときに思う。きっと、本当にその価値に気づくのは卒業してしばらく経《た》ってからなんだろうけど。

「あれ？」

その学校で気づいたけど、樽見《たるみ》はコートの奥に制服が見えない。チェック柄のスカートの色合いは冬ではなく、秋を思い起こさせた。

一旦家に帰ったのだろうか。

「どうかした？」

「これこれ」

こっちの制服の襟を摘《つま》んで疑問を示すと、樽見《たるみ》がすぐに察した。

「今日学校休んで、家のこと済ませてたから」

「なぬ」

真面目なのか不真面目なのか判断つきづらい理由だった。

「会う時間作りたくて」

「あー……もっと暇な日にした方がよかった？」

土日あたりに少し落ち着いて待ち合わせた方が、と思ったけど一応確認は取ったな。

取ったけど少し責任を感じる。

「ううん」

樽見《たるみ》は緩く首を振る。けなげな。

「たるちゃんちってそんな大変な家だっけ」

「んー……んー」

曖昧な反応だった。

「別に大変ではないよ。やることがあるってだけ」

耳脇の髪の毛を弄《いじ》りながら、樽見《たるみ》が割り切るように言う。

樽見《たるみ》の家。小学生の頃によく遊びに行っていたけど、特別印象にない。お母さんも家にいたし、穏やかなやり取りがあったように思う。でもそれは何年前の話というわけで。時間は、とっても経《た》っているのだ。

「そっか」

だからそう言うしかなかった。樽見《たるみ》は少し困ったように笑って、場を流す。

「いこっか」

「うん」

返事をしながらさりげなく振り返って確認する。……視界の端に安達《あだち》の頭はひょこひょこしていない。安達《あだち》ならこっそりついてきていてもおかしくないという危惧があったり、なかったり。安達《あだち》はそれを厭《いと》わない。安達《あだち》にめんどうくさいって感覚はないのだろうか。

本人は時々めんどくさいこと言い出すけど、行動力はきっと見習うべきところだ。

「ところで行こうってどこに？」

聞きながら樽見《たるみ》の隣についていく。樽見《たるみ》は重そうな鞄《かばん》の紐《ひも》を手袋越しに摑《つか》んでいる。マフラーもぐるぐる巻いて隙がない。そんなに寒がりだっただろうか。

樽見《たるみ》は駅の入り口に向かっているかと思いきや、途中で足を止める。

「まずはー……これにしよっと」

樽見《たるみ》が早速飛びついたのは、自販機だった。

「わっつ？」

自販機で遊ぶとはたるちゃんもレベルが高い。高いのかすら分からない。樽見《たるみ》はあったかいお茶を一本だけ買って渡してきた。受け取るものの、缶と樽見《たるみ》を見比べる。

「あ、そうか。この手袋もどうぞ」

樽見《たるみ》が自分の手袋を脱いで差し出してくる。取りあえず受け取る。それから疑問を並べる。

「なぁにこれ」

「ままま、あったまってよ」

樽見《たるみ》に触れられてもいない肩を押される気分になる。手袋装着。

「あったかいけど」

けどけどちゃんになりそうだった。樽見《たるみ》は続いて、マフラーを外してこれまた巻いてくる。首筋にマフラーの繊維が触れて、擦れるとぞわぞわと背中に寒気が走った。

「あったかや」

取りあえず、わたしを温めるのが目的らしい。樽見《たるみ》は電子レンジになりたいのだろうか。わたしがもこっとなるのと反比例して、樽見《たるみ》は軽装になっていく。次いで樽見《たるみ》は鞄《かばん》からイヤーマフラーを取り出して、わたしにつけてくる。もうされるがままだった。

もしかしてわたしで着せ替え遊びがしたかったのか。冬空の下で脱がされることはなく、足して盛っていく方向なのはありがたいけど、そろそろ過積載にならないか心配である。

「コートいる？」

樽見《たるみ》が自分の着ているそれに手をかける。何が何でも温《ぬく》もりを与えたいらしい。でもコートにまで包まれるとわたしが大体樽見《たるみ》になってしまうので遠慮しておいた。

「もう十分暖かいけど、たるちゃんは満足していただけたかな？」

「いやいやそっちはこれから」

樽見《たるみ》が引き返すように方向を変える。駅の中でなにかするわけでもないみたいだ。そもそも何しに来たのかと、ちょっと考えてしまう。

「場所も考えたけど河原がいいかなって」

「河原？」

バーベキューをまず思い浮かべる。次に決闘。絶対、どちらも違う。

樽見《たるみ》は前を向いたまま言った。

「しまちゃんの絵を描かせてほしいんだ」

「絵?」

「え」

復唱するような発言の中で、樽見《たるみ》の肩が少し上下した。わたしの絵。

そういえば、前にもそんなことがあったな。

「なるほど」

あれやこれやの防寒グッズを見回して、これまでに納得する。モデルにご配慮いただいたらしい。

「描いて、しまちゃんに持っていてほしい」

再び隣に並んだわたしに、樽見《たるみ》は曖昧に笑っている。

「わたしが持つの?」

「うん、そうしてほしい」

肖像画かぁ。部屋に飾るべきだろうか。

妹には変なのって笑われそうだ。

「気が動転してて今気づいたんだけどさ、待ち合わせも河原にすればよかったね」

「そうだね」

動転している時間長くないか。

もしかすると今もずっと続いているのかもしれない。そっと樽見《たるみ》の横顔を覗《のぞ》くと、目はぐるぐるしていなかったので比較的落ち着きながら動揺している様子だ。どういうことだろう。

そういうわけで、思い出というほどたくさんのものはない河原へ向かうことになった。

前回は夏だから、丁度季節も正反対か。わたしたちの立場は……どうだろ。

友達なのは変わらないと思うのだけど。でもなにかは確かに、決定的に違う。

友達にも色んな種類があるものだった。友達なんて不要と割り切っている安達《あだち》は、その多様な友人に対応しなくてもいいのである種、とても楽をしている。安達《あだち》なら今こうして、河原に向けてなんて歩くことは絶対にないからだ。そういう生き方もある。

わたしとはぜんぜん別。でも安達《あだち》はわたしの隣を歩こうとする。

ふしぎ。

道中はあまり話さなかった。話をしに来たのに、口数がお互い少ない。いくつかの世間話は交わしたはずだけど頭に残っていない。髪の毛の表面を掠《かす》めて、道路へと身を躍らせていく。

そのまま自動車の音に紛れて消えてしまうそれを、わたしたちは引き止めなかった。

冬の河原には当たり前かもしれないけれど人気はない。日差しも淡い飴色《あめいろ》が見え始めている。水辺の近くを歩くと、靴下を越えて足首が濡《ぬ》れるように瑞々《みずみず》しい風を感じた。

ごつごつした石の感触を靴の裏に覚えながら、樽見《たるみ》に無言でついていく。

「ここにしよう」

樽見《たるみ》が大型の鞄《かばん》から、折り畳みの椅子を取り出して用意する。てきぱきと他のものも並べて準備しているのを、後ろでぼけーっと眺める。手伝おうにも、樽見《たるみ》しか求めるものが分からない。やや無防備な足周りの冷たさに、自然と身体《からだ》が左右に揺れる。

「さ、どうぞどうぞ」

樽見《たるみ》が控えめな笑顔で、着席を促す。「どうもどうも」と意味の分からない返しをしながら座る。鞄《かばん》を横に置いて、どんな姿勢でいればいいのだろうと迷いながら足の上に手を載せる。

「今日は日傘はいらないね」

樽見《たるみ》の冗談に、ちょっとだけ笑った。

しかし河原に椅子一つでぽつんと座っていると、妙に隙間を感じる。

屋根もない屋外でじっとしていることが少ないからだろうか。視界良好で、水面の反射がまだ眩《まぶ》しい。光る生き物が泳いでいるみたいだ。今にもヤシロあたりが上流から流れてきそうである。

大きな鞄《かばん》の中身をほとんど取り出して、樽見《たるみ》が絵画に取り組む姿勢を整える。

「寒くない？」

「そっちこそ」

わたしに防寒具を与えてしまった樽見《たるみ》は、ただの冬服の女だ。そこまで問題なさそうだ。

「寒いのはけっこう平気なんだ」

「へー、強い」

その褒め方が適切なのか精査もしないまま口にしてしまう。

樽見《たるみ》の持つ絵筆にくすぐられるように、回顧が滲《にじ》む。わたしは絵の具を全部適当に出して、必要に応じて混ぜて使っていた。無駄が多いと誰かに言われたこともある。実際、毎回最後まで絵の具は余っていた。でもそういう使い方でなければ描けなかったのだから、他のやり方で、という仮定は無意味でしかないと思う。そうでなければ、こうはならない。

安達《あだち》の生き方が細く鋭く、ただ一人を刺すためにあるように。

などと長い言い訳をしてみる。

昔は時々一緒にお絵かきもしたものだった。わたしは、よく犬を描いていた。

今ならもしかすると、元気に飛び跳ねる犬を描かないかもしれない。

「たるちゃん、絵を描くの上手《うま》いね。いや上手《うま》くなったたか」

「うん……」

キャンバスを覗《のぞ》きもしないで褒めたからか微妙な反応だった。当たり前である。

こういうところが駄目なのか。安達《あだち》の信用も今一つ得られないのか。

「どんな子？」

イーゼルの向こうから尋ねられる。細かい言葉を省いても、なにを聞かれているかは分かった。少し考えて、その印象を語る。

「最初はクールだった」

「最初は？」

「うん、初めの一ヶ月くらいは」

淡々として、時折軽口も叩《たた》いて、わたしに昼ご飯を買いに行かせる安達《あだち》だ。実はその安達《あだち》も消えたわけではない。わたし以外への対応はあの頃のままなのだ。わたしと接する中で第二の安達《あだち》が生まれてしまった。生まれたてなので未熟で、純粋で、偽らない。

そんな安達《あだち》を、わたしは。

「今は？」

「犬っぽい」

「なにそれ」

低い声で呆《あき》れたようにも聞こえた。しかし他に適切な表現がパッと出てこない。

いい子とか、美人とか、ありふれてるし。あとそれだとのろけ話みたいだ。

「気に入ったものがあったら噛《か》みついて、ずっと離さない系女子」

「女子要素薄くない？」

「ので犬っぽいと申しました」

そういえばこんな話をしに来たのだった。こんな話でいいのだろうか。

彼女を犬みたいですって紹介しに来ただけとか、色々誤解されそうだ。

こちらがそんな心配をしていると、「ああ」と樽見《たるみ》が納得の反応を見せる。

え、納得したの？

「しまちゃん、犬好きだったね」

「ええまぁ」

かつての樽見《たるみ》とどこまで、どれくらい話したのかもう記憶にない。小学生のわたしは明け透けで、壁がなく、そうあいつみたいだった。ただ飯ぐらいの宇宙人みたいなやつ。

あいつを見ていて呆《あき》れながらも放っておけなかったのは、そういう必然だったのか。

母親がヤシロをかわいがる理由は、その辺にあるのかもしれない。

「わんわん」

似せる気もなさそうな犬の鳴き声にどう反応するか迷い、にこっとしていた。

しかし女子高生二人で河原に来て芸術の時間を過ごすのは、なかなかに珍しい気がする。芸術も女子高生も色々省いても、他の人影は一向に訪れない。冬の夕暮れは侘《わび》しい。

侘《わび》しいくらいの雰囲気が丁度いいのだろうけど。

向こうから樽見《たるみ》が背を伸ばして覗《のぞ》いてくる。じっと、双眸《そうぼう》がわたしを捉える。目の置き方に、安達《あだち》を見る。安達《あだち》がわたしを見るときの目だ。絵を描くためのモデルを見つめるそれではない。

「犬みたいな子としか分からなかったけど」

話題は終わっていないみたいだ。いやこういう話をしに来たのだろう、今日は。こういう話をして、その先になにがあるのだろう？

樽見《たるみ》はなにを求めたのだろう？

「しまちゃんは、その子……そもそも、子？」

「こ？」

「いや、お姉さんとかそういうのも……あるかなって」

「ふむ」

大人のおねえさんとの恋愛というのもあったか。でも大人のおねえさんに知り合いはいない。祖父母の家を思い浮かべる。

「…………………………」

いないいな。

「同級生だよ」

「そうなんだ……」

樽見《たるみ》の目に浮かぶものは一体なんなのか。距離があって、少し分かりづらい。

距離。物理的にでも、非科学的なものでも。

絵を描く手は既に止まっていた。

「どんな子？」

何度も似たような質問が来る。樽見《たるみ》の頭の中で、その疑問がずっとぐるぐるしているみたいだった。それを聞いてなにを思い、誰と比較して、なにを見つけるのだろう。

「ど、どんなところが好きなのかな、って……」

声は下唇の内側から、吐息を含まないでただ流れ落ちるようだった。

安達《あだち》がどんな子か。

ちょっと変。だいぶ美人。かなり一生懸命。けっこう甘えんぼ。なかなか背が高い。意外と成績よし。それなりに真面目。相当嫉妬深い。きわめて愛が重い。とっても一途《いちず》。時々泣く。まだまだ笑うのが苦手。大体わたしと価値観が違う。

いいところ悪いところごーろごろ。

それから。

いつでも、わたしを動かす力になる。

「その子はいつもわたしを遠くに運んでいくんだ」

そう、わたしだけを。

「それがどこまで続いて、どこに連れて行くのか……側《そば》で見届けたいと思ってる」

わたしなりの愛してるを長ったらしい言い回しにするなら……こういうことなんだろう。

安達《あだち》にはこんな遠回りだと、困った顔しかしないだろうなぁって笑いそうになる。

そんな場違いな気分に浸りかけている一方で、樽見《たるみ》の目と唇は震えていた。

「そう、なんだ」

「そうなんだ」

「ちょう好きな感じだ」

「えーいやー、まー」

まー、ともう一つ口の中で呟《つぶや》く。

「あの、なんだろ……それでさ、それで……」

樽見《たるみ》の目の上に高速で走るものがある。でも俯《うつむ》きがちで、キャンバスに隠れて、距離があってはっきり読み取れない。樽見《たるみ》は尚《なお》もぶつぶつと、独り言めいている。

「しまちゃんがとってもあつくて楽しそうでそれはね、分かるけど……」

「樽見《たるみ》？」

「しまちゃんとお出かけしたのって、駅から電車でちょっと行ったくらいで……」

なんの話かと問う前に顔を上げた樽見《たるみ》は。

「今度はずっと友達でいてくれよ、しまちゃん」

樽見《たるみ》は、泣いていた。

泣かせたのだ、わたしが。

冬よりも冷たいものが頭に降りかかって、髪の間を抜けていく。

友達であることで泣くっていうのは、つまり。

ぐるぐるする。

樽見《たるみ》も？　って聞き返しそうになったけど喉が締まった。

「うん」

樽見《たるみ》の言葉以外で示すものが、ただ吹き抜けていく。河原の冷え切った空気と共に、わたしに空いた細かい穴を通過しては微《かす》かな痛みを残していく。声はかりかりに乾ききっていた。

今度はずっと。

ともだち。

綺麗《きれい》なもので、どちらの心にも今ないであろうもの。

なのに樽見《たるみ》はそんなことを言おうとする、いいやつだから。

安達《あだち》なら、死んだってそんなこと言いそうもない。

友達で仲がよくて手を繋《つな》いで小学生でたるちゃんでしまちゃんで一番で見つめ合って握り合って給食を一緒に食べて買い物に出かけてどきどきでお揃《そろ》いのアクセサリで親友ででも駅で呼び止めたのはもしかすると間違いだったのかもとちょっとだけ思った。

どうしてこうなったという疑問を人並みに浮かべて、でも。

これをはっきり口に出してしまったら終わりなのかもしれないけど。

今のわたしは、樽見《たるみ》よりも安達《あだち》の方が好きなのだろう。

どうしてこうなったのどうしては、きっとそれだけなのだ。

樽見《たるみ》はそんなことを聞きたかったのだろうか？

その話で納得できるから今日、会ったのだろうか？

それともなんとかなると思ったから、会おうと決めたのか。

なんとかなる？　なにをなんとかする？

疑問が次々に浮かんでは、マフラーの奥で熱に焼かれていく。

樽見《たるみ》の中ではもっと……こう、もっとなにかがあるのだという期待があったかもしれないのだ。でもその願望は静かに、芽が出ることもなく眠っていて。その上を、流されて通り過ぎていく。

淡泊に終わろうとしている樽見《たるみ》との関係に、わたしは、立ち上がらない。

立ち上がって叫べばいいのか？

今度は河原で、昔の友達の名前を呼べばいいのか？

それでも友情は健在だったとか、そんな風に終わらせればいいのか。

でも多分、樽見《たるみ》はそんなものいらないだろう。

だってそんなもの貰《もら》っても結局、終わりなのだ。

わたしと樽見《たるみ》は多分、もう二人きりで会うことはない。友情が残ろうと、なんだろうと一緒だ。それがあって、だからなんなのか。これが最後だということも、樽見《たるみ》が望むものも、そのためにどうすればいいのかもすべて分かっていて、でも、無理だった。

相手に最善を尽くせと言うのなら、友達でいようって答えは、答えじゃない。

多分。

友情以上のものを返せないわたしは、今度こそじっとしているしかなかった。

樽見《たるみ》はまったく嬉《うれ》しくもなさそうに笑いながら、泣き続けて、筆を動かす。

こんな淡々と終わっていって、よくないとしても樽見《たるみ》にもきっと他にできることはなく。

保てない三角形が少しずつ崩れていくのを見守るように、わたしはその様子を見続ける。

「遠くに、一緒に行ってみたかったな」

そんな呟《つぶや》きが、聞こえた気がした。

川の向こうの騒ぎみたいに遠くから。

これまでに間違えたことを特に思いつかないまま、今と共に流れていく。

中学時代、喧嘩《けんか》の経験はある。言葉で人を切りつけて、バツの悪い思いをしたことはある。

だけど相手はわたしからすれば嫌なやつで、他人以下で。

だから友達を泣かせたのは、きっと、これが初めてだった。

『Dream of Two』

「お前、やりたいこととか将来の夢とかないの？」

「今やってるけど？」

ふと聞いてみたら、悩むことなくそんな答えが返ってきた。

眼鏡のない永藤《ながふじ》の目がぱちくりしている。

「そーか」

「うん」

会話が終わった。室内の生温《なまぬる》い空気が、続ける意欲を奪ってくる。

永藤《ながふじ》の家、香ばしい匂い、まだ片付けられていないこたつ。

高校三年生になっても、なんら変わりない時間が続いている。その居心地の良さも変わらなくて、だけどって時々引っかかるものが増えてはくるのだ。

少し時間を置いて、いかにも暇そうに突っ伏している永藤《ながふじ》にまた聞いてみた。

「これでいいのかとかちょっとくらいは思わない？」

「なるほど」

「なにがなるほどか」

「日野《ひの》も思春期しているのか、というなるほど」

永藤《ながふじ》が投げ出していた腕と乳を起こす。帰ってきて早速着替えた、着古したシャツには既に脇に穴が空いていた。確か何年か前に一緒に買ったやつだ。わたしの方はそこまで着る機会がなくて、衣装部屋で折り畳まれている。

「思春期とかじゃなくて、もう高三だし、なんかほら、色々あるじゃん」

「なるほど」

「だめだこいつ、二回もなるほどしたよ」

話をほとんど聞いていないときの永藤《ながふじ》だった。

「いやいやちゃんと聞いてるよー？　さぁどんなワクワクする話を聞かせてくれるんだい」

「しねぇよ別に……」

耳に手を添えて待ち続ける永藤《ながふじ》を見て、溜息交《ためいきま》じりに話す。

「今はどっちも遊んでるようなものだからさ、いいさ。時間あるし。でもお前が働くようになって、自由がなくなってそうしたらわたしもずっとここにいるわけにいかないだろ？　そうなったら……なんだ、今まで通りって難しくないかとか、たまに考えるだろ普通……」

ぶつくさ、文句を言っているような調子になってしまう。だってわたしだけ心配していたら……腹が立つじゃないか。案の定、ちょっとだけ考える素振りを見せた永藤《ながふじ》は別段、迷う様子もなかった。

「色々問題があっても、それはそれ」

除《よ》けて除《よ》けて、と永藤《ながふじ》が身振り手振りで架空の山積み問題を放り捨てる。

で、こたつを迂《う》回《かい》して詰め寄ってくる。

「全部棚上げしたら、ほら日野《ひの》が目の前だ」

ハッピー、と永藤《ながふじ》がわたしの両肩を三回叩《たた》いてきた。

あのなぁ、とか、お前なぁって言葉がいくつも浮かんで、出そうになって、消えていく。

めちゃくちゃで、反論の仕方が分からない。

そんな簡単に行くわけもないのに。

「お前はいいよな、頭がファンタジーで」

「そんなに直接的に褒められると、さすがの永藤《ながふじ》さんもちょい照れるぜ」

駄目だ何も通じない。無敵だよこいつ、と諦めて笑ってしまう。

「ファンタジー永藤《ながふじ》……悪くない響きだ」

「語感あんまよくねぇぞ」

「ファンタジーナガフジー」

「伸ばしても無駄」

「略してファンナガ」

相手するのが面倒なので明後日《あさって》の方向を向いた。永藤《ながふじ》はずっとファンタジーと呟《つぶや》き続《つづ》けていた。こいつはなぁ、とその声だけ聞きながら息を吐く。わたしはなんでこいつと一緒にいるのだろう。

なんで、永藤《ながふじ》と。

声とか言葉にしようとすると、感情が汗だくになるのを嫌がるように拒否する。

「……なぁ」

まだ別の方向を見つめながら、わたしは言う。

「とりあえず、十年くらい目標にしてみるわ」

今から十年、永藤《ながふじ》と一緒にいてみようと思う。

いるためのなにかを始めていこうと思う。

でもどうせ十年経《た》ったら、きっとまた、わたしは次を始めてしまうのだ。

さっぱりなにも伝わっていないだろうに、永藤《ながふじ》は、柔らかく笑う。

「がんばりなさい」

「お前もがんばるんだよ」

わたしたちのことなんだから、とこっちも笑った。

『The Moon Cradle』

決意を胸に歩き出したけど、それはそれとして荷物の片づけは難儀なものだった。

今夜はとにかく寝床だけ確保すればいいという方向で空間を作り、布団《ふとん》にくるまる。運ばれたベッドの上には、開けた荷物が私たちを差し置いて隙間なく寝転がっていた。当初は夜中までやれば大体終わると軽く見積もっていたのが失敗だったのだろう。

野生動物が危機を乗り越えるために慌てて作ったような寝床には、吐息が二つ。瞳を横に下ろせば、しまむらが穏やかに目をつむっていた。少し見つめて、また天井を向く。

これから、しまむらと毎日一緒に暮らしていく。

想像すると、ふわふわしていて、現実味がまだやってこない。二人でたくさんのことを決めて、話して、引っ越して、荷物の整理も始めているのにまだ私はそれに追いつかない。今こうして並んで横になっていても、ぼーっとしている私と、距離を取って見つめる自分がいるみたいで現実と気持ちが乖離《かいり》している。揃《そろ》えようとしても、頭の中に白い雲が渦を描いて形を成さなかった。

家を出たときにははっきりと見えていたものがあったはずなのに、しまむらと歩いている間に段々と霧の中に迷い込んでしまったみたいだ。もしかすると、これからのことが自分の理想で溢《あふ》れていて、大きすぎて受け止めるのに時間がかかっているだけかもしれない。

またしまむらを見る。

そのしまむらの目が、目覚めたように素直に開く。

「眠くないの？」

「え？」

急に声をかけられて、見つめられて、驚きが波紋として指先にまで広がる。

「目がきらきらしてるから」

ギラギラの間違いではないだろうかと思うほどに冴《さ》えていた。身体《からだ》は疲労で重いのに、意識だけが不必要に光を放っている。「うん」と小さく返事をしながら、素直に答える。

「色々考えていたら、眠れなくなって」

「ふむ」としまむらが一度、目を泳がせて。

「じゃ、その色々を聞かせてもらいましょうか」

寝返りを打ち、身体《からだ》をこちらに向けてくる。そして、包むような微笑《ほほえ》み。

「眠くなるまでね」

「……うん」

その柔らかい態度に受け入れられると、今度は揺りかごにでも寝ているような気分だった。安らいで、力が抜けていく。昔はもっと緊張していただろうから、少しだけ慣れを感じた。

これからもっと時間が増えて、自然になって、心が動かなくなっていくとしたら、それはそれで少し寂しく思ってしまうのかもしれない。

そして、落ち着いたら段々眠くなってきて、今度は起きないといけないので忙しい。

「さぁ色々どうぞ」

「えっと……」

下唇に触れながら、川の石のように流れていく思考を掬《すく》い上《あ》げる。

「色々って言うけど、そんなにないかも。まず、これからしまむらと毎日一緒にいるんだなって思った。ああして、こうしてってなにかやろうとするとき、隣にしまむらがいて、当たり前にどこかへ行って、帰るところが同じで……あれ、それしか考えてないのか……」

話してみると、意外と素麺《そうめん》みたいに連なっていた。

「そんなになかった」

訂正すると、しまむらが苦笑を浮かべる。

「いつもと同じじゃん」

「そう。私は多分、しまむらと出会ってからいつも寝つきが悪い……かもしれない」

思えば布団《ふとん》に入るといつも、暗闇でしまむらのことばかり考えていた。なんなら明るいうちもしまむらのことばかりだ。頭の中が大体しまむらでできている。なのに、私はしまむらそのものじゃなくてまったく別なのは実に不思議だ。しまむらは、そんなにしまむらのことを物思わないのだろうか。

「それはすまないねぇ、安達《あだち》さんや」

「え、き、気にするない？」

咄嗟《とっさ》に振られて、ぎこちなくなる。こういうところの手際《てぎわ》の悪さは、一向に成長しない。

向いてないのは明らかで、でも向いていないからやりませんは案外、通じない。

「でも安達《あだち》はあんまり寝てないのに元気ですごいね」

「元気かな？」

「わたしから見るとね」

なにかを思い出すようにしまむらがくしゃっと、目を瞑《つぶ》る。くっく、と肩が揺れているのが夜の中でも見えた。なにを笑っているのか気になるけど、しまむらが楽しそうなら、いいか。

しかし色々が終わってしまった。どうしよう。どうしようって、寝ればいいんだけど。

しまむらの目が私を映している間は、勿体《もったい》ないって思ってしまう。

話題、話題と口の中で舌を回しながら探して。

「しまむらは、家でなにか話した？」

「ん？」

「出てくる前」

「ああ」としまむらが思い出すように目を泳がせて。

「いつも通りかな。ちょっとぼーっとしてたけど、単に眠かっただけかもしれない。あと」

「あと？」

「キャベツもりもり食べてるヒツジがいた」

「なにそれ……」

気にしない、としまむらが笑う。気にしてもまったく理解できそうにない話だった。なにかの比喩か例え話だろうかとちょっと考えて、結局諦める。

「安達《あだち》は？　何か話せた？」

子供に接するような言葉選びが若干引っかかった。でも、話せたかどうかそもそも聞くのは、分かってるなぁと思った。

「私は、特になにも」

「そっか」

お互いの声が高校の頃に戻った気がした。しまむらと話していると時々、そういうことが起きる。そういうときは懐《なつ》かしさと共に、胸に清水が流れていくような気持ちの良《い》い冷たさが巡る。私にとって、思い出というのはそういう触感らしい。

「ほら、安達《あだち》の雑談の番」

「交代制だったんだ……」

ちゃんと順番になっているかも把握していないけど、促されて、考えて。

「しまむらは寝るまで、なにか考えてた？」

「んー、うん。半分くらい」

「半分？」

半分は寝てた、と言ってから。

「これから安達《あだち》とわたしが白髪いっぱいのお婆《ばあ》さんになるまでここで暮らすのかなぁって想像して、変な気持ちになってた」

しまむらが自分の髪を摘《つま》んで、その色を確かめるように見つめながら。

「安達《あだち》の考えてたのとちょっと似てる」

「あ……」

お互いの人差し指の先端がくっつくように、気持ちにピンっと線が通る。

その線が強く引っ張られて、上下して、心と共に震えた。

そういう一瞬の重なりを求めて、私たちには言葉があるのかもしれない。

「なれるかな、お婆《ばあ》さん」

「なってしまうのさお婆《ばあ》さん」

しまむらの歌うような返しにちょっと笑って、無言が流れる。

いつもの無言のように焦《あせ》らなくていい、満たされた静寂だった。

「長生きのために、そろそろ寝ましょうか」

「うん」

「おやすみ」

先に挨拶を済ませて、しまむらが目を瞑《つぶ》る。その横顔、唇がうっすら優しく緩んでいるように見えるのは私の都合のいい解釈だろうか。

おやすみの後におはようが目と鼻の先に待っていると思うと、血の温度が上がるのを手首の奥で感じた。

「おやすみ」

少し遅れて、目を閉じる。

私としまむらのどちらが先に眠ったのか、曖昧なまま夜が溶けた。


顔を埋《うず》める枕より柔らかい声が、耳の奥へゆっくり流れてくる。

「あーだち」

次いで、肩が揺れて。瞼《まぶた》が震えて、意識が目の奥に流れてくる。

朝日が目の端を切るように鋭く入り込んできて、パッと、頭の電源が入った。

跳ね起きる。

「おぉでっ」

「なんて?」

派手に後退した私を見て、しまむらが目を丸くした。両手をおどけるように上げる。

「びっくりした」

「いやびっくりしたのはわたしもだけど」

下りて目にかかる髪を払いながら、左右を見回して、ああそうだと理解していく。

マンションに移り住んだのだった。

「しまむらに起こされて」

驚いた、と言葉も中途半端《ちゅうとはんぱ》に伝える。

「む、それのどこがびっくりなのかね」

「早起きだったから」

「あ、やっぱり?」

しまむらはすぐに相好を崩して、どこか満足げに口の端を吊り上《つあ》げて。

「ちょっと浮かれてるのかもね」

それだけ言って、寝室から出ていく。ご飯食べよーと、部屋の向こうから聞こえて。

聞こえながら、ぼーっとしてしまう。

浮かれてる、しまむらが。

なにに?

部屋を見回せば、疑問に思う意味さえなかった。

ベッドの上に転がる、しまむらの私物のぬいぐるみと目が合う。

「はへっ」

途中でつまずくような、変な笑い声が漏れた。

着替えも省いてリビングに向かう。先に席についていたしまむらの向かい側に座って、新生活、と寝癖を押さえながらぼんやり文字を思い浮かべる。

起きたのに、ずっと夢を見ているみたいだ。

描いた夢と同じように、しまむらが私を見て笑っている。

「はいどうぞ」

サンドイッチとパックの牛乳を渡されて、受け取って、ストローを突き立てる。冷蔵庫の温度をそのまま持ってきたような液体が身体《からだ》の中を冷やして、そこでようやく段々と夢の靄《もや》が晴れ始めていくのだった。

「落ち着いたら、朝ご飯も自分たちで作っていかないとね」

「うん」

「毎日とか大変そうだよねぇ」

しまむらが早速、楽しそうに弱音を吐くのだった。しまむらのお母さんとの電話を思い出す。

取りあえず、今日はしまむらのお尻を蹴らなくていいらしい。

引っ越しの進捗は当然だけど昨晩のままだった。朝ご飯も近所で買ってきたサンドイッチである。昨日、駅からここへ来るときについでに買ったものだけど一晩経《た》ってもパンはしっとりとして、舌触りがいい。パンだなぁと思って、ちぎっては口に運ぶ。

「美味《おい》しいねここのパン」

「え、うん」

「普通か」

私の淡泊な反応にしまむらが苦笑するのを見て、慌てて言い直す。

「お、おいしーな」

「いや無理に合わせなくてもいいのよ」

「本当においしいと思うけど、あの、そういうのをちゃんと説明するのを省いちゃったというか」

面倒だからという言い方はさすがに避けた。多分、億劫《おっくう》だったのだけど。

しまむらにはそういうものがしっかり伝わってしまっていたらしく、まだ笑っている。

「安達《あだち》は食べることにほんと、関心ないね」

「いやそんなことは……ある、とは少し思うけど」

嫌いなものを食べるときとか……嫌いなものってなんだっただろう？

「ま、食べることしか関心ないやつもいるし、きっと世界はそーいうとこでバランス取れてる

ンスは取れているのだろうか。

んだね」

サンドイッチのはみ出たトマトを摘《つま》みながら、しまむらがうんうんと納得している。バランス。恐らくは人並みなしまむらと、まったくない私。私としまむらのバランスは取れているのだろうか。

……いや、取れているからきっと、二人でここにいるのだ。そう思いたい。

「食事に興味ないからか、なるほど」

ふむふむ、としまむらが独りでに理解を進めているので、追いつきたい。

「なんの話？」

「安達《あだち》って高校生のときに中華料理屋でバイトしてたじゃん」

「うん……」

「興味ないからつまみ食いしないし、丁度いいんだなって」

適材適所ってやつだねー、としまむらが本当に感心しているように話すのを聞いていると、ただでさえ適当に口に運んでいたサンドイッチの味が余計に分からなくなりそうだった。

「しまむらって時々、不思議だ」

「はい？」

朝ご飯を済ませて歯を磨いてからは、早速片づけを再開、すると思っていた。

「よぅし落ち着くまで休むか」

ソファもまだ置いていないので床に直《じか》に座るしまむらが、足を伸ばしてそんなことを言う。

そうなのか、と隣に体育座りすると、こらこらとしまむらが肩を叩《たた》いてきた。

「安達《あだち》、わたしがサボろうとしたら止めてくれないと」

「え」

「そのまま寝ちゃうぞわたし」

そうなのか、と再度思う。

「だ、だめだよぉ？」

「仕方ないなー」

しまむらがさっさと立ち上がって、腕まくりするような仕草を取る。

なんだろうこの回り道なやり取り。疑問は多いけど、少し愉快なのか心が弾んだ。

そうして広くもないはずの部屋をあっちこっちと動き回って、私としまむらの巣を整えていく。お互いの荷物が東奔西走して、時々ぶつかり合う。開け放った窓からの風ではとても足りないくらいに熱と汗が滲《にじ》んでくると、体育館での時間を彷彿《ほうふつ》とさせる。あそこからしまむらとの時間が始まって、そしてここまで来たなぁって白い壁をじっと見つめた。

「お、安達《あだち》もう休憩？」

衣類を抱えたしまむらが私の後ろを通り過ぎていく。「ま、まだまだ」と意欲を見せている間にしまむらは寝室の方へと向かい、そして帰ってくるなり「えらいねー」と適当に褒めてきた。

「ちなみにわたしは休む」

手ぶらになったしまむらがソファに吸い寄せられていく。二人で選んだ青いソファの上に、あざらしのぬいぐるみと一緒に転がるしまむらはまだ電源を入れていないテレビの画面をぼんやり眺める。作業のために結んで纏《まと》めた髪が緩んで、顔にかかり始めていた。

私はどうしようと立ったまま悩む。部屋はまだ、半分ほどブロックを組み上げて放《ほ》っとかれているような状況だった。

「思ったんだけどね」

あざらしの毛並みを揃《そろ》えるように撫《な》でながら、しまむらが天井に向けて言う。

「どうかした？」

「引っ越しの片づけがとってもめんどくさくてさ」

「……うん。うん？」

「だから、できれば引っ越しの回数は少なくありたいね」

と思いましたって、駆け足の調子でしまむらが締めた。あざらしをお腹《なか》に載せたまま、足の裏を摑《つか》んで丸まった姿勢を取る。そのまま、こちらをじーっと見つめてきた。

「そうだね……？」

半端《はんぱ》に同意しつつ、話はそれだけだろうかと待つ。しまむらは、露骨に目を逸《そ》らす。そして

「やーやー」とぬいぐるみを顔に載せる。

「安達《あだち》、あまりわたしをいじめないでほしいな」

「え？」

何の話かピンと来るものがない。

説明か、全部説明しなきゃだめか、としまむらのくぐもった声がする。

おぅおぅ？　とこっちの口からあざらしみたいな声が漏れそうだった。

「だからですね」

「はい」

「引っ越さないで、ここで長く暮らしたいねって意味」

あざらしの向こう、見え隠れするしまむらの唇が少し不器用に曲がっていた。

下から、温かい水がゆっくり押し上げられて浸透していくように。

やっと意味を理解すると、肩と頬に変な力が入った。

「そ、そうだね！」

「そうなんだよ」

はっはっは、としまむらが投げやりそうに、ごまかすように笑う。そのしまむらの前に滑り込むように移動して座り込む。「おぉっ？」と勢いに驚いたしまむらが起き上がる。

あざらしと合わせて四つの瞳が私を捉える。いやあざらしはいいとして。

二人きりなのか、これからずっと。

じわじわと迫っていたものが、わっと覆いかぶさってくる。

「よ、よろしくお願いします」

勢いそのままに頭を垂れた。しまむらがあざらしのぬいぐるみを隣に置いて座り直す。

「こっちもいっぱいお願いしちゃうので、覚悟しといてね」

にかっと、子供めいた笑みを浮かべるしまむらに見下ろされて、自分の中の電源が入るのを感じた。熱が各所に灯《とも》り、持て余したそれが逃げ場を求めて頬と耳を焼く。

こんなことではお願いなんて、いくらでも応えてしまうだろう。

しまむらの願いは、祈りか信託か……私より一つ高い場所から来るもののようなのだ。

「まず早速、お茶でも取ってきてもらおうか」

「はい！」

腕を組んで命令するしまむらに、すぐに立ち上がって走り出す。

「おーい、冗談だよー」

分かっていた。でも走った。

それはさっきから自分がまるで、犬みたいにしまむらに対している恥ずかしさをごまかすためだったのかもしれない。

ここからもうどこにも帰らないという感覚に、意外だけど少しまだ戸惑っていた。

浴槽の中で、水を掻《か》き分《わ》けては纏《まと》う腕を眺めながら感情の煌《きら》めきに翻弄される。0の地点がぐぐぐっとせり上がってズレたような……まだ細かい修正ができていないみたいだ。希望も焦《あせ》りも両方ふつふつ湧いてきて、心は微細に揺れ続けている。

今日からしまむらが、私の帰る場所なんだ。

このお湯も、しまむらが浸《つ》かった後のお風呂《ふろ》なのだ。

「ああ……」

ああじゃない。

のぼせる前に出ることにした。

着替えて髪をタオルで巻きながらリビングに向かうと、しまむらの姿がない。でも物音はする。音に導かれていくと、しまむらは寝室のクローゼットを開けて中を覗《のぞ》いていた。なになにとその後ろに回ると、手に取っていたのは私の青いチャイナドレスだった。「ほぅほぅ」と生地を撫《な》でている手つきに、今は中身もないのになぜか照れてしまう。

「ど、どうかした?」

「青春を感じてた」

「ん……」

そう言われてみれば青春の一着かもしれない。この格好で町中を歩いたり、ブーメランを投げたり、……だったり。等々、色々やってきたものだった。思い出の一着ではある。着られるうちに着ておけと言われたけど、流石《さすが》に普段着には難しい。しまむらは私を上下に、確かめるように眺めてから提案してくる。

「今度久しぶりに着てみない？」

「えっ」

「いや毎年クリスマスに見てるから久しぶりでもないか」

「そう、だね」

なんで毎年のお約束みたいになってしまったのか。なんでっていうか、選んだの私だけど。最初にチャイナドレスを着て行こうと決めた日の心境は、覚えているけど思い出せない。結果は記憶していても、過程がとても曖昧だった。二年目以降は更に詳細が怪しい。

「えっと、あっとー……たまにはしまむらも着てみる？」

袖を引っ張りながらなんとなく聞いてみると、しまむらは「ふむ」とごくごく真面目そうに考え込む仕草を取る。「うーん？」と目が上に行ったのは、着ている自分を想像しているのかもしれない。私も倣《なら》って、しまむらを頭の中で着せ替える。……他の色合いの方が似合いそうだと思うのは私だけだろうか。しまむらはもう少し、暖かい色を添えた方が映えると思うのだ。

「チャイナドレスといえば安達《あだち》ってイメージがあるからね」

「うん？」

「それが消えるのは良くない気もする、うん」

そう言って、クローゼットを閉じてソファに向かってしまった。

よく分からないけど、しまむらのこだわりなのだろうか。

私が髪を乾かしている間、しまむらは足を伸ばしながら腰掛けてぼーっとしていた。

「眠い？」

「今日はねー、さすがに」

欠伸《あくび》こそこぼさないけど、目が細くなっている。子供みたいで、ちょっとかわいい。

「でもがんばって大体終わらせたから、明日が気楽だねー」

語尾も伸び気味で、しまむらが全体的にふにゃふにゃになっている。かわいい。

かわいくないしまむらは未《いま》だに知らない。

「そろそろ寝よっかな」

「うん」

リビングの電気を落として、すったかすったかと二人並んで寝室に向かう。一日かけて仕上げた部屋には昨日と違って、ベッドがちゃんと機能していた。大きなベッドが一つ。ここに二人で寝るのだ。二人で、と伸びた指先が痺《しび》れる。寝室の薄暗さが目の中をぐらぐらさせた。

しまむらの方は既に目が半分閉じていて、まったく緊張も見えない。

一晩占拠していたあざらしのぬいぐるみは隅の小さな机の上に陣取って、私たちを見つめていた。ややとぼけた感じの顔で、名前はあるのだろうか。そしてその側《そば》には、小さなクマのアクセサリが並んでいる。しまむらが鞄《かばん》につけていたやつだ。それだけあざらしと寄り添うようにそこに置いてあるのは、なにか特別な思い入れがあるのだろうか。

ベッドに先に入ったしまむらが枕の位置を調整する。

「寝る時間って別に合わせなくてもいいんだけどね」

くっついてきた私に対して、しまむらが気を遣う。多分遣った。

「しまむらが寝たら、やることないし」

「それもそうか」

ひっくり返って頭を載せたしまむらが枕の具合に「うむ」と納得する。

「寝たがりなわたしを許してくれ」

「え、全然……えぇっと、きょ、許可します」

「ありがとー」

ぺらっぺらな感謝を頂戴した。掛《か》け布団《ぶとん》を巻き込むようにして、しまむらが完全に眠りの姿勢に入る。私も倣《なら》うように布団《ふとん》に入るけど、正直まだ眠気はなく、手足が熱い。

布団《ふとん》の端から足を出して、枕に沈む頭の位置を変える。

「明日は買い物行かないとね。冷蔵庫をいっぱいにしよう」

しまむらが語る明日の予定に、「うん」と相づちを打つ。

それだけで、一緒に生活しているんだなって頭がふわふわする。

せっかく乾かした髪の表面に、また熱いものが浮かぶのを感じた。

目を閉じ切る前に、しまむらが私を見る。

「おやすみ」

「おやすみなさい」

その穏やかな声に、手のひらをくすぐられるようだった。

私が呼吸する間に、しまむらの静かな吐息の音が混じる。ついつい、目も閉じないで隣を覗《のぞ》いてしまう。横になったまま動かないしまむら。その髪が少しだけ耳にかかっていて、微《かす》かな頭の動きに合わせてそれが流れ落ちるところになんでか胸が締め付けられる。

「まだなにか、行事でもやってる気分」

呟《つぶや》いたけど、反応はない。しまむらはもうすっかり寝入ったらしく、微《かす》かな呼吸と共に肩を揺らしている。布団《ふとん》に入ると大抵は五分くらいで寝てしまうと以前に話していたけど多少の謙遜があったらしく、三分かかっていない。真っ暗闇でしまむらのことを考えて日々寝不足になりがちな生き方をしてきた私とは対照的だ。しまむらは寝る前、どんなことを考えるのだろう。

明日、一緒に出かけることを想像しながら眠りに就いてくれていたら、いいな、って思った。

私も眠ってしまおうと固まった肩をほぐして、ゆっくり腕を伸ばして、息を吐く。

しまむらが隣にいて、特になにもなくてそのまま寝るのが少し勿体《もったい》なく感じる。

でもまた明日でいいんだ、と思って上を向く。

明日もあるし明後日《あさって》もある。これからの私には、しまむらとの毎日があるのだ。


「安達《あだち》ナビ、スーパーの位置を示して」

「えーと、このまま真《ま》っ直《す》ぐ」

「よしよし」

しまむらの返事は、気持ちのいいものを目指すように真《ま》っ直《す》ぐ走っていく。

下見や契約で歩いたことはあるけど、実際に生活の中で町を行くのは初めてだった。お互いの就職先への通勤距離も踏まえて選んだ場所は、地元より全体的に少しだけ建物が高い。

通りを歩いていくと大学があるせいか、すれ違う顔ぶれがどれも若い気がする。緩やかな坂のように起伏のある道を、二人で進んでいく。高校の帰り道と違って、別れることはもうない。

当たり前のように握り合うしまむらの手の熱が、春を越えて初夏を芽吹かせる。

地元から電車で一時間半。遥《はる》かなる距離というわけでもないけれど、親の声の聞こえない場所で、知った顔とすれ違うことは決してない。しまむらと並び、しまむらと帰る。

歩幅は符合して、決して離れることはない。

「安達《あだち》はなに買いたい?」

「え、えっと、パン」

「パン、なるほど大事だ。他には?」

「み、水?」

「言うと思った」

しまむらが希望を叶《かな》えたように笑う。

つまらない答えなのに、しまむらの期待には応えられたみたいで複雑だ。

「パンを食べる植物だね安達《あだち》は」

「へ?」

水水言っている私を、しまむらが笑う。パンをかじる花々を想像した。

「怖いんだけど」

「でも立派に育ってるね、不思議」

しまむらの手が私の頭に載る。身長差は出会った頃とほとんど変わらない。私の方が少し大きいのだ。私からしたら、いつだってしまむらの方が大きく感じられるのだけど。

「それは、」

言いかけて、喉が痛む。

「それはそれは」

しまむらが軽い調子で促してくる。触れられてもいない頬や顎を撫《な》でられている気がして、左肩が上擦ったり、揺れた髪が視界を少し塞いだりして、それから。

「それは、お母さんのお陰……かも……しれない」

子供が素直になれなくて口ごもるように、自分の声がぎこちない。

ここにいないのに、思わず目を逸《そ》らす。逸《そ》らしたまま歩いて、しばらくして、しまむらを見て、目が合って。

「そかそか」

しまむらは誇らしくすらあるように、私を見上げて目を細めた。

そんなこんなで、スーパーで当面の食料を買い込む。私はしまむらについていって籠に商品を入れていくだけだった。でもカラフルな果物や野菜を前にしたしまむらは楽しそうで、ちょっと幼い感じが出ていて、それを眺めているだけで私は十分だった。

それこそが、私の望むものだった。

それから帰り道に寄ったコンビニで、しまむらは週刊誌を手に取り、表紙を確認してから購入した。定期的に購読しているわけでもないそれがなんなのかは、帰ってから聞いてみると。

「知り合いの名前が表紙に見えたので」

ソファに座ってぱらぱらと流し読みしていくしまむらの手が、見開きで止まる。

隣でそれを覗《のぞ》くけど、私にはピンと来ない。

「お、本当に載ってた」

カラーページに高校生くらいの女の子が映っていた。慣れていないかのように服が少し肩からずれて、緊張しているのか目は見開き気味で、静止画なのにぐるぐる回っていそうなのが見えてきた。小柄で、放っておかれたように長い髪を妙な髪留めで纏《まと》めている。

髪留めには研修中と書かれていた。

「女の子の知り合い……」

「女の子？　ああ、うん」

しまむらがへらーっと笑っている。なにがおかしいのだろうか。

「思ったよりずっと有名なんだな……」

紹介によると陶芸家らしい。どこで知り合ったのだろう。そして、どういう知り合いなのか。

「むぅ」

「どったの安達《あだち》ちゃん」

これこれ、と恐らくは突き出てしまっている唇をしまむらが押してくる。

「どこで知り合ったの？」

こんな若い子と出会う機会なんてそうないと思う。私の知らないしまむらに危機を抱くと、しまむらは「どこって、田舎の家の近所」と目をぱちくりする。それから、察したように「あ
あ」と私の尖《とが》った唇を摘《つま》んできた。心臓と肩を同時に押されたように怯《ひる》む。

「どうしよっかな、絶対誤解してるけどそれはそれで面白い」

誤解ってなに。なんて言おうとしても唇が閉じ切ったままなのでまともに発音できない。冗談みたいだけど意外と強力な行為だった。

「とにかくあれよ、機嫌直して」

にっこりしまむらに返事しようにも、まだ唇が塞がっている。段々息が苦しくなってきた。

「んー、んー」

目と声で訴えると、しまむらが「あ、そっかそっか」と自分のやっていることに気づいたらしい。唇が自由になる。それから、しまむらが私の顔をじっと見つめてくるのでたじろぎそうになる。なにを見ているのだろうとその意図を図ろうとしていると。

「眼鏡《めがね》安達《あだち》も見慣れたね」

ああ、と眼鏡の縁に触れる。いつからか、家でなにかを見るときには眼鏡をかけるようになっていた。青いフレームの眼鏡。色は占い師にラッキーカラーが青だと言われたからだった。占いの度に青と言われている気がした。

しまむらが私の眼鏡を取り、自分にかける。どう？　とばかりにくいくい上げてくる。

「似合ってる」

「お世辞も上手になったね安達《あだち》は」

笑いながら眼鏡を返してくる。受け取ったそれをケースにしまうと、しまむらも雑誌を閉じた。

「わたしたちも来週からは仕事に行くんだねぇ」

足を伸ばしたしまむらが、しみじみ言う。その後、ゆっくり溜息《ためいき》。

「仕事ですって」

「え、はい」

「バイトは色々したけど、それよりもっと大変なのか……ふむむだな」

しまむらも大学に通う間はバイトをこなしていた。私もあれやこれやと働き、高校の頃の貯金も合わせて新生活の礎《いしずえ》となった。当時はなにも思いつかなかったお金の使い道。なんとはなしに始めたアルバイトも遠い時間を経て意味を手に入れた。未来が過去を変えることは、矛盾しながらもあり得るのかもしれない。

「安達《あだち》の方がお給料はいいみたいだし期待してるよ」

ぽんぽんと肩を叩《たた》いてくる。私としまむらの就職先は別々だ。同じところで働くというのは案外難しいしなにより、職場が同じだと私の方は仕事にならないだろう。

「ばりばり稼いで、えーと」

「海外旅行」

「そうそれ」

しまむらの目が光る石を見つけたように、パッと花咲く。多分、私も同じように。

私たちは夢を共有している。

しまむらとの心の繋《つな》がりを確かに感じられる、貴重な願いだった。

「安達《あだち》って、わたしより大体優秀だよね」

「え、ぜんぜん」

ぜんぜんよ、と頭と手を横に振る。何一つ心当たりがない、嘘偽《うそいつわ》りなく。しまむらに対する自分のふがいなさ、頼りなさ、へにょり具合にはこれまでと、そしてこれからも呆《あき》れ続《つづ》けるばかりだ。

「学校の成績もそうだったし、あと、美人」

羨ましいぜー、と私の鼻の前で指をぐるぐる回してくる。成績はともかく。

「絶対、しまむらの方が綺麗《きれい》」

「ふふ、そいつはどうかな」

「ほんとだよ、ほんとに」

思わず身を起こそうとして、あわやお互いの額をぶつけそうになった。その距離感でも、しまむらは変わらず美しい。顔が熱くなる前に、勢いのままに言った。

「私にとってはしまむらが一番、きれいだから」

「……んむ」

しまむらが表情を硬くしながら小さく頷《うなず》く。ひょっとして、照れているのだろうか、珍しい。

「ま、美しいと言われて悪い気はしない」

びゅーちほ、としまむらが髪を掻《か》き上《あ》げる。それからなにを思ったか、じっと私の目を覗《のぞ》き込んでくる。頰が二度、三度と掠《かす》める距離で、視界の中心から光の輪が広がっていく。

この後に来るものと言えば。

「おひぇっ！」

私の鼻の先を舐《な》めてきた。予想と違って大いに驚く。しまむらは味見でもするように目を泳がせて、舌の上を確かめて。

「化粧の味がした」

「そ、そりゃあ、するさー」

鼻の先端が風の温度を敏感に捉える。しまむらの唾液が風との懸け橋になっているのだ。そうした私の鼻の先を見てか、しまむらが楽しそうに肩を揺する。しまむらが笑っているなら、鼻くらい舐《な》められてもなにも問題はなかった。でも鼻を舐《な》めるってなんだろう。

足の上に置いた指が、ピアノの鍵盤でも叩《たた》くように次々にぽんぽんと跳ねた。

しまむらは笑ったまま、余韻でも楽しむように身体《からだ》を少し揺らしていた。そのしまむらがふと、なにかを見るようにゆっくり振り返る。釣られて目を向けるけど、中途《ちゅうと》半端《はんぱ》に開いた扉の向こうに、玄関が少し見えるだけだった。

「なにかある？」

「いや……小さいのがうろちょろ……まぁ妹はもう結構大きくなったけどさ、そういうのと一緒に暮らしてたからね。向こうからとんとこやってくる足音が減ったと思ってさ」

しまむらの声に低いものが混じるのを聞き逃さない。緩く、穏やかで、本心を見せづらいしまむらの微《かす》かな変化も感じ取れるようにこの数年はきっと存在した。私はそういう情緒みたいなものを長く無視して生きてきたから、もしかすると永遠に人並みには至れないのかもしれない。

しまむら妹。私を恨んでいるだろうか。私が同じ立場なら、きっと私を嫌いになる。

いや初めから嫌っていてもおかしくないか。

一緒に暮らそうと提案したのは私で、しまむらはいいよと言ったけどもしかして本当は、とその顔を覗《のぞ》く。

「寂しい？」

「寂しいってほどでも……いや、少し寂しいのかな、うん」

否定しかけたそれを引き戻すように、しまむらが微笑《ほほえ》みながら認める。

「……私がいても？」

「そう、安達《あだち》がいても」

聞かれたしまむらが少し困った雰囲気になるのも知っていて、聞いてしまう。

ごまかすことなく、正直なしまむらが続いた。

「安達《あだち》は家族じゃないから、心の埋める場所がちょっと違う」

ここね、とばかりにしまむらが自分の胸の中心を叩《たた》く。私もついしまむらの胸元を見る。他意はない。

「わたしの心は穴ぼこで、そこを安達《あだち》が埋めて、家族が埋めて、後は犬だったり怪しい生き物だったり……色々必要なんだろうね、欲張りだから」

しまむらが指折り数える。その指の動きを眺めながら、私は秘《ひそ》かに人差し指だけを伸ばす。

私は、しまむらがぴったりとくっつけば他にはなにもいらない。

半分になったリンゴの断面のように。

だけどしまむらは違う。細かく、たくさんの穴と傷がある。

それこそ、月面を描くようなのかもしれなかった。

「安達《あだち》はわたしの家族にはなりたくないでしょ？」

ちょっとだけ考えてから肯定する。

「私は、しまむらの一番がいい」

「あははは、そこは変わらないね」

懐《なつ》かしむように、笑い声もやや幼く聞こえる。

一拍置いて、しまむらが私の喉より少し下の場所を軽く押す。

「変わってないよ、安達《あだち》が一番」

しまむらは簡単に、私の呼吸を止める。

指で、口で、雰囲気で、優しさで、気まぐれで、……多分、愛で。

「……ん」

「ま、この寂しさもいつか慣れていくよ。人の心はとってもしなやかだから」

振り向くのをやめたしまむらが、「ふむ」と目を泳がせて。

「いつまでも小さいのはそのうち勝手に来るかもしれないけどね……」

しまむらが小声でなにかを付け足した後に立ち上がる。冷蔵庫に向かい、缶ジュースを二本取り出して戻ってきた。その片方を、座りながら渡してくる。

「買ってきたばかりだから冷えてないけどね」

受け取ったそれの表面を撫《な》でると、温度は人肌に近かった。

しまむらも同じように缶を掲げて、にかっと歯を見せる。

「引っ越しの乾杯でもしようかなと」

「あ、そういう」

しまむらがスーパーでこれを買った意味を少し遅れて理解する。

桃のジュース、炭酸なし。お酒は飲めるけど、飲みたいと思うこともない。しまむらがまったく飲めないからだ。二人揃《そろ》ってタブを開けて、ゆっくりと缶を近づけていく。

「安達《あだち》はなにに乾杯する？」

「しまむらに」

迷わず口に出たそれと、しまむらの照れ笑いと缶のぶつかる音が重なった。

「じゃあわたしは安達《あだち》にしとこう」

飲みながら、軽い感じに祝われた。じゃあは若干気になるけど、祝福を交換できたのならそれでいいかという気になる。こちらも缶を傾けて一口分含む。舌の上を甘味が流れた。

夏の乾いた道路に水をかけたように、浸《し》み込《こ》む。

「美味《おい》しい？」

「甘い」

普通の感想を返したはずなのに、しまむらにはなぜか大笑いされた。

「なんで笑うの」

「不思議だから」

ん、ん？　と缶を見る。ちゃんと桃ジュースだ。甘いという味わいに嘘《うそ》はない。

「安達《あだち》ってもの凄《すご》く感情豊かなのに、味については本当に無関心で、そこがおかしかった」

「無関心では……ある、かもしれないけど」

「美味《おい》しいより先に甘いが出るのもなんだか面白い」

そうだろうか、と首を傾《かし》げる。よく分からない、実際、興味はほとんどないし。

でもそれは、えぇと、なにか言ってみたい。どうしよう。

しまむらを少しは照れさせてみたい。その心を押してみたいのだ。

「し、しまむらにしか興味ないからさぁ」

「知ってる」

しまむらが涼しい態度で受け流してくる。そして缶に口をつけたまま、じっと見つめ返してきた。じわ、と舌に残る甘味が別の形で目や耳に上ってくるのを感じる。こちらも缶に口をくっつけているといつか噴き出しそうだった。

そんな私の反応を見て、満足そうににまーっとしてくる。

この穏やかな『口喧嘩《くちげんか》』で、私が勝てたことはまだ一度としてない。

ジュースで乾杯した後は、しまむらが叩《たた》く手に導かれるように膝枕してもらっていた。大型犬でも呼ぶような手つきには思うところがあったりなかったりしたのだけれど、断るわけもなく。ソファの上で転がると、かつてより伸ばした髪の長さを意識する。

「なんか」

「なんか？」

「いたれりつくせり」

しまむらの太ももに顔を埋《うず》めながら、そんな感想が漏れる。

「明日は安達《あだち》が膝枕の番ね」

「ん……」

しまむらの匂いが首を伝い、髪の先端に触れて、微《かす》かに重くなるようにさえ錯覚してはぞわぞわとする。幸せというものを形にしたら、こんな風に得体のしれない衝撃に落ち着くのだろうか。

「あったかい」

「春だからね」

「春よりも」

あたたかい。流れる血に直接、暖かい雪が解けていくように。

「うん、わたしもあたたかいかも」

私の背中を撫《な》でながら、しまむらの声は柔らかい。しまむらも、安心しているのだろうか。

高まっていた鼓動が段々と落ち着いて、一定のリズムを刻むようになる。それをぼんやり確かめているだけで、永遠の時間を過ごせそうだった。飽きることなく、いつまでも。

永久というものは、こんなにも身近にある。

しまむらはそれからずっと黙ったままで、言葉はいらないのかと思って、でもその声をふと聞きたくもなってしまむら、と呼びかけたところで見上げて、その沈黙の意味を知る。

「……先に寝ちゃった」

座ったまま、しまむらの頭が揺れていた。支えようにも寝転がったままなので、見守るしかない。天井の模様に重なるしまむらの髪を追っていると、意識と視界が遠くにぼやけていく。

眠気ではなく、充足によって。

太陽から私を覆う、大きな葉を見上げるような気持ちだった。

あるはずもない、穏やかで、包むような風さえ感じる。

波間の永遠を味わうように、身体《からだ》は心地よい時間に揺れている。

こんなことが、当たり前になるのだ。

朝起きたらしまむら。買い物に行くときもしまむら。目を閉じても開けてもしまむら。

これからすべてに、しまむらがある。

私と寄り添って。

「ああ……」

だから、ああじゃない。

「いい……」

語彙には諦めて、深く、静かに幸福を漏らした。

「安達《あだち》はいつ寝る？」

「え、い、いつでもいいけど」

夜中、一緒に座って周辺の施設について話していたら、不意にしまむらが確認してきた。

「いつでもかー」

「うん……」

「じゃあ今から寝るぜっ」

元気いっぱいに宣言して、しまむらがしゃかしゃか腕を振って寝室に向かう。

確認を取る必要はあったのだろうか。

昼もけっこう寝ていたのにと思いながらくっついていく。

「あ、やっぱり来るんだ」

きびきび動いていたしまむらが一時停止する。

「やることが」

「ないのかぁ」

「しまむらと一緒にいるっていうやることが……あると思う」

それは何よりも優先されるべきものだった。しまむらは「うむうむ」と適当に頷《うなず》く。

「ま、あれだよね。働き出したら一緒に寝られる機会も減るかもしれないし」

そうなのだ。当たり前だけど本格的に仕事が始まれば、しまむらとの時間は減る。それなら、できるうちに、できることを。そういう理由でしまむらの後ろを追いかけ回しているのであって、私がまるで駄犬のようにご主人にひっついているわけではないのだ。……のだ。

昨晩と違って、今日はしまむらも落ち着いた調子で布団《ふとん》に入るのでまた違う緊張がある。緊張ってなんだ、と思いつつも中指のあたりが引きつっていた。気を抜くと右手と右足が同時に出そうになる。しかしそちらの方が歩き方として安定しそうなのはいかがなものだろう。

「あ、トイレいっとこ」

しまむらが急に行き先を変えて、玄関脇のトイレに向かう。残された私はとことこ一人で寝室に行って、どこで待とうかとうろうろして、結局ベッドの上の正座で落ち着いた。

利《き》き腕《うで》のためか、自然と私がベッドの右側に寝ることになる。この部屋だと窓側だ。カーテンを閉じっぱなしの窓に目をやり、その向こうの夜景を想像する。足の速い光が、いくつか急ぎ足に遠くを目指していた。

「なんで正座してるの?」

戻ってきたしまむらが疑問を呈する。

「な、なんとなく」

「意識しないで姿勢が良《い》いなんて立派な子だねぇ」

おばあちゃんぶったしまむらが同じく布団《ふとん》の上で正座する。そうやって、正座しながら布団《ふとん》の上で向き合っていると、色々……そう、色々思い出したり、想像したり、目がぐるぐるしたりするのだった。別に、と熱くなった耳が勝手に言い訳めいた呟《つぶや》きをしていた。耳が。

「よ、よろしくお願いします!」

これから一緒に暮らしていくことへの挨拶を忘れていたのを意識して、混ざって、大仰なものになった。しまむらも固まっている。

「こちらこそ」

しまむらが若干引きながら布団《ふとん》をめくる。足をもそもそ入れながら、こう、距離を感じる。

「深い意味は、ないです」

「そうなのかね」

しまむらまで若干口調がおかしい。そうなのですと、ぼそぼそ答えるので精いっぱいだ。

「おっと忘れてた」

しまむらが照明に気づいて布団《ふとん》から転がるように出る。そのまま中腰で走っていく。

「電気消すよ」

「うん」

ぱちんと、消灯の音と同時に夜が降る。

たたたた、としまむらの駆けてくる音がした。そうして再び布団《ふとん》に戻り、枕に頭を沈めるしまむらの、顔の緩み具合をじっと見つめる。

「しまむらって、寝るとき幸せそうだね」

「そぅ？　鏡の前で寝たことないからわからん」

しまむらが自分の頬を摘《つま》んでぐにぐに曲げる。んー、といまいち来るものはなかったみたいだ。

「でもさ、夜寝るときはほっとしない？　ああ今日も無事終わったなぁって」

「私は……明日のことを考えて落ち着かなかった」

しまむらとああしようこうしようって思案しては毎日じたばたしていた。

「明日かぁ。明日はねぇ、洗濯と掃除が待ってるよ」

あははのはー、としまむらの平坦《へいたん》な笑い声が泳いだ目と共に浮かんでは消える。

「ご飯も作らないといけないし、買い物もあるし、そこに仕事も来る。生きるためにやることがばーっと増えて……そうだよね、がんばらないといけないんだよ。うむ、がんばるために今は寝よう」

しまむらがまったくがんばる気概もなさそうに納得した。

しまむらとそのまま見つめ合う。どっちが目を逸《そ》らすか、先に目を閉じるかの勝負みたいにお互いの瞳がお互いを映し続ける。しまむらの目の中に私がいる。そしてその私の中にも、しまむらがいる。無限に繰り返されるその先に、私としまむらだけの世界が生まれる。

「よしよし」

しまむらが私の頭を撫《な》でてくる。伸びた腕の影が、私の視界を半分覆う。

「急に、なに？」

「じっと見てるからしてほしいのかと」

むぅ、と一瞬唇を尖《とが》らせて、でもとすぐ思い直す。

「してほしかったわけじゃないけど、してほしい」

「安達《あだち》は時々禅問答やってくるね」

難しい、と呟《つぶや》くしまむらの声は水面の波紋のように均等に広がり、美しく聞こえた。

夜と溶け合いながら、眠るまでの時間が満たされていく。水を注ぐように、ゆっくり。

これが、しまむらと暮らしていくっていうことなんだ。

嬉《うれ》しくて、柔らかくて、沈んでいくようだ。

しまむらは高級《こうきゆう》布団《ふとん》のようである。……もう少し詩的な例えはなかったのだろうか？

柔らかい……豆腐……スポンジ……諦めた。

閑話休題。

「……………………………」

しまむらの手は、まだ私に寄り添っている。

繋《つな》がっている、しまむらと。

私は誰かと生きられない人間だ。

出会ってきた人たちのほとんどは私を好きになることはなかった。それは概《おおむ》ね私の側に原因があって、関心という橋がすぐにかかることなく、かかっても上手《うま》く渡れなくて、苦労している間にみんな離れていく。そして私はそれを追いかけることもしないで、とぼとぼ歩いていくだけだった。みんな私が悪い。その悪い部分はきっと一生直らない。

もう、夢を叶《かな》えてしまったから。

私は誰かと生きられない人間だ。

私は、しまむらとしか生きていけない人間だ。

それが私の願いと望みと未来と欲望と細胞の歓喜すべてに一致している。

在り方が先で、そこにしまむらというすべてが当てはまって。

しまむらとしか生きられない私がしまむらを好きになり、応えてくれる今があって。

私はなんて、運が良《い》いのだろうと思う。

「しまむら」

「なぁに」

あぃ。

「愛してる」

血の気すべてが逆流するような感覚と共にささやく。

しまむらは目を丸くした後、くしゃって、顔を崩して。

「あはっ」

心から楽しそうに、くしゃくしゃと、私の髪を崩してきた。

しまむらという揺りかごの中で一日が終わる。
そんな幸せまで歩いてきた足に、そっと手を載せた。

『Stay of Hope』

家に帰ったら、お母さんがでっかいリスに膝枕されていた。

「なにごとっ」

「んあ？　ああお帰り。本当に来た」

「ほほほ」

よく見たらリスの着ぐるみパジャマのヤチーだった。尻尾《しっぽ》が無駄におっきい。

着ぐるみの種類が日に日に増えていく気がする。

ヤチーはしゃしゃしゃしゃ、と忙しく手を動かしてお母さんの髪を掻《か》き分《わ》けている。

こいつさぁ、とお母さんが寝転んだままヤチーを指差した。

「色々試した結果、白髪抜きと皿を並べることくらいはできるのが判明しました」

「大発見ですな」

ヤチーはとっても得意気だ。鼻の代わりに前髪が尖《とが》っているようにも見える。

「特に白髪抜きは上手《うま》い。するする抜いてく」

「指の長さと太さを調整できるからですぞ」

「へぇー器用だねー」

お母さんはいつものように適当に流しているけど、ヤチーは今凄《すご》いことを言ったのではないだろうか。ヤチーがすぱすぱとお母さんの白髪を抜いて、指の隙間から白いそれが躍っていた。

「ほぼ取りました」

「ほぼってなんじゃい」

「全部抜いたら次回がないではないですか」

「またすぐ生えてくんだよ、ケッ」

「おや、そーなのですか。では全部抜きましょう」

しゃしゃしゃー、とヤチーが撫《な》でるような手つきで白髪を取り除く。

「うむご苦労」

「ママさん、約束のものをいただけますかな?」

ほーら、とお母さんがなにかを摘《つま》んでヤチーの口元に持っていく。で、もちゃっと食べる。

「んまんま」

「なになに?」

「キャラメル」

起き上がったお母さんが、あたしにもキャラメルを一粒くれた。「んまんま」つい真似《まね》た。

キャラメルは少しアーモンドの味が混じっていた。

「しょーさんもどうぞ」

空いた足の上をヤチーが叩《たた》いて、にこにこする。ヤチーの伸ばした足の指は、爪が髪と同じように水色を宿して独特の光沢を放っている。触るとその光に自分が溶けていくんじゃないかって、時々、気持ちがふわふわする。

「あたし白髪なんてないよ」

「眩《まぶ》しい発言するじゃない」

このぉ、とお母さんがなぜかあたしの頭を帽子越しにぐりぐりする。

「なにさー」

「若さっていいねぇ、誰かちょっとくれ」

お母さんが最後はぽんぽんと頭を軽く叩《たた》いて去っていった。

子供は白髪がないらしい。爺《じい》ちゃんばあちゃんは真っ白だもんなー、と、ぽけーと思い出す。

髪も歳《とし》を取るのか。姉ちゃんはどれくらい白髪があるのだろう。

「ハ ヤ ク シ テ ク ダ サ イ」

ヤチーが平坦《へいたん》な調子で催促してくる。扇風機の前でやるやつみたいだ。

どうしよ、とキャラメルを呑《の》み込《こ》んでちょっと考えてから。

その指先に、心と意識が集っていく。

「じゃあ、せっかくだから」

「どーぞどーぞ」

ランドセルと帽子を置いてから、ヤチーの足元にころんと横になる。大きいリスの側《そば》で寝転ぶとおとぎ話みたいだ。ヤチーは側《そば》にいると、少しひんやりする。年中変わらないその温度は、冬の空気とは違う不思議な心地よさがあった。

見上げた先にヤチーの光がある。

いつ見ても切ないような気持ちになる、綺麗《きれい》で、透明な水色の輝き。

その輝きが細かい粒のように、あたしにゆっくり降ってくる。

影を帯びて見下ろすヤチーがふふふ、と嬉《うれ》しそうで、あ、と気づいた。

最近は笑い方にも種類があるのが分かってきたのだ。

この笑顔は、お菓子を期待してる顔。

「言っとくけどキャラメルはありません」

「がーん」

ヤチーが非常に分かりやすくがっかりする。ヤチーは何もかも素直で、簡単で。

そして謎だらけという矛盾に満ちていた。

「ほほほ、じょーだんです。しょかいなのでむりょーですぞ」

「わぁ」

しかし次はすぐにないのだ、ヤチー。ふふふ。

「さて白髪は……」

「わっ」

ヤチーの指があたしの髪の間と頭をわさわさ走り回る。床屋さんよりだいぶ雑だ。

「ありませんな」

「子供はないんだってー」

「残念ですね」

ヤチーの目が泳いで、名案を見つけたようにパッと瞬《またた》く。本物の星みたいに、光った。

瞳は広がる銀河を映すように、独特の色合いが渦巻いている。

あたしは、このヤチーの目より綺麗《きれい》なものを、きっとこれからどこにも見つけることができない。

「ではしょーさんが大人になったら、わたしが白髪を抜いてあげましょう」

「ん、ふふん、楽しみにしとこっか」

あたしが大人になってもヤチーが側《そば》にいることを考えて、声が心より先に走っていく。

ヤチーの頭の向こうで、リスの大きな尻尾《しっぽ》が楽しそうに揺れた。

『Cherry Blossoms for the Two of Us』

まぁ来年もあるとして。

「あるとして」

呟《つぶや》きが頭の中に放物線を描く。着地するとき、小石を踏むような感触があった。

毎年新しいことを考えるとなると大変ではなかろうか。ばれんちゃーんでーの話である。これからもしかすると何年も続けていくとしたら、アイデアが四年目あたりで枯渇《こかつ》しそうだと危惧しているのだ。安達《あだち》は毎年目をぐるぐるさせていそうでそれはいいのだけど、こっちはあまり回せないしなーとそれくらいは思うのであった。布団《ふとん》の中で。

眠気は夜明けのように明るく迫っている。こういうときは、暗がりに沈んでいこうとするときと違って寝起きがいい。真っ白な光の中で目を瞑《つぶ》って、いつの間にか朝になる。

そういう日が多いということは、今、わたしはなかなかによい循環にいるらしい。その感覚を作っているものがなんなのか、分かっているけど、分からないふりをして小さく笑う。

で……なんだった。そうそう、ばれんちゃーんでー。これから長く続くなら、チョコを無難に渡すだけで終わらせると大変コスパがよろしいのではないだろうか。今年は電光掲示板も使えないし。趣向を初回に凝らしてしまうと、次が大変になるのだった。

「うーむ」

隣の布団《ふとん》で妹と一緒に寝ているやつは当然のように光っている。灯《あか》りを消せば洞窟の底みたいに暗いはずの部屋で、静かに輝いている。一応、夜は気を遣っているのか明るさも控えめだ。海の底を映すような暗青色。見つめていると、なんの由来や記憶もないのに目の端が震えるようだった。

なにもしなくても光っているなんて、演出が簡単そうで羨ましい。

夜でも背景にしてぺかーっと光ってればそれだけで感動的になりそうだ。

わたしも光るか？　と冗談でそんなことを考えながら目を閉じる。

柔らかい光は瞼《まぶた》の地平を照らすように昇り、わたしを包んでいくのだった。


「ほげー」

あれから気を抜くと時々、樽見《たるみ》のことを考える。

時間を置いて、じわじわ来る。ま、いいかと流すには少し大きいものだった。

あの後、樽見《たるみ》から絵を受け取って……帰った。結果だけ語るとそれだけだ。並んでということもなく、歩幅バラバラに。別れる前、借りた防寒具を一つずつ外して返すときの、重い石を放り捨てていくような感覚はなかなか忘れられそうもない。

あのときはなにもできないと思っていたし、実際そうなのだけど、それでも他にもっとやり方があったんじゃないかとそれくらいは考える。樽見《たるみ》とわたし、どっちが悪かったかというと多分わたしだけだし。樽見《たるみ》は、空回りもあったけど真剣だった。それはちゃんと伝わってきた。

わたしも適当に接していたつもりではなかったのだけど、今思うと樽見《たるみ》と一緒にいるとき、どこかふわふわしていた。足元が不安定で、やり取りのすべてが夢の続きみたいに思えていた。過去と今のどっちつかずだったせいかもしれない。

夢みたいだから、どこか現実味がなくて。

重さを感じたのは恐らく最後の交遊で、遅すぎて。

だからこの結果は、今になにも繋《つな》がらないのは、当然のことかもしれないのだった。

「……仲良かったのになぁ……なんでだろ」

「どーしました、しまむらさん」

「んー、ちょっとお年頃な悩みしてるだけ」

「うんうん、わたしにもそーいうときがありましたな」

嘘《うそ》つけ、と笑う。年中食べることしか関心なさそうなのに。

「悩むのはいいことですぞ」

「そうかな?」

「真剣でないと悩めませんからな」

もっともらしいことを言ってくる。

「そうかもね」

「わたくしも今日のお昼はなにを食べようかしんけんです」

「はいはい」

いつも通りの在り方に笑ったところで、ハッとなった。頬杖《ほおづえ》を解いて周囲を見回す。

ここ教室だぞ。誰とお話しているのか。

慌てて周囲を確認するけど、いつもの教室の様子が展開されているだけだった。水色の頭はないし、わたしが周りに訝《いぶか》しまれていることもない。……寝ぼけてはいないつもりなのだけど。

「最近あいつテレパシーも使うようになってないか……」

暇なのだろうか。でも少し気は紛れた。

休み時間が残り少ないのに、安達《あだち》がこちらにやってくる。どうかしていたのだけど、どうしよう。

「どうかした？」

「今、側《そば》に誰かいなかった？」

一応聞いてみる。安達《あだち》は目を困惑と共に揺らして、けれど。

「わ、私が！ ……います」

「うむ」

そう来るかなと少し思っていたので、こちらは動じない。返事になっていないけど妙に満たされた。

「それで、ぼーっとしてたけど……目が合ったから」

あらそうなの、と存じない理由を聞く。どうもそっちを見て惚《ほう》けていたらしい。

口元は動いていなかったか、それが心配だ。

ま、結果として安達《あだち》とお話しする時間となったので、よかったということにしよう。

「別に、お昼なに食べようか考えてただけ」

「今日はお弁当ないの？」

「あるけど」

安達《あだち》の頭の上にゆっくりと理解不能の意思が集うのを見た。

「……なに食べるの？」

「お弁当」

この不毛な問答に対する安達《あだち》の答えは、眉の形を曲げるだった。

「しまむらって、時々分からない」

「ふふ、ミステリアスな女」

「……今のしまむらのお母さんっぽい」

「うへぇ」

チャイムが鳴って、安達《あだち》が細かい足取りで席に戻っていく。座ってからこちらを向いたので軽く手を振ると、あちらはやや大きく振り返してくる。わたしがもっと大きく振ったら、きっと安達《あだち》はそれを超えてくるのだろう。常にわたしの先を一歩進む女こと安達《あだち》である。たまに十歩くらい先まで走り切った後、わたしが急いで追ってこないので戻ってきたりもする。わたしはそういうときの安達《あだち》の頭をつい撫《な》でたくなってしまうのだ。

「ははは……」

こぼれる笑い声を、確かに自覚できる。

安達《あだち》とのやり取りはわたしにずしっと来る。時々、重すぎるけどそれでも。

そこにある、って思える。

安達《あだち》は心を確かな形にできる子なのかもしれない。

そんなことを、安達《あだち》のことばかりを、つい考える。

時間が来て教科書を開くと、ページの間から水色の粒子がふわりと浮き上がった気がした。

「しまむら」と、すり足の安達《あだち》が声と足並み揃《そろ》えてやってくる。放課後、いつもの流れだ。

「今日はバイトないの？」

安達《あだち》が短く頷《うなず》く。そして側《そば》に寄って、じっと待っているところがなんとも、わんこ。本人は否定するけど、安達《あだち》にはいつ犬の耳と尻尾《しっぽ》が生えてもおかしくないと思うのだ。

「どこか行くか、もしくは家?」

「……じゃ、じゃあどっちも」

「欲張りだねぇ」

でもそれもいいかと席を立つ。そうしてふと、廊下に出る直前のパンチョと目が合う。サンチョたちと並んで歩いていて、一瞬止まる。それからこちらに向けて、親指に引っかけて伸ばした輪ゴムを発射するような仕草をしてきた。勿論《もちろん》輪ゴムなんてない、エア輪ゴムだ。こちらが困惑している間に、満足そうな足取りでパンチョは去った。

なんというか、大分愉快なクラスメイトだったらしい。

「しまむら?」

「はいはいわたしはしまむらさんですよ」

脳以外の場所がいい加減に応えていた。安達《あだち》を促して、揃《そろ》って廊下に出る。廊下は氷でできているみたいに、壁や床から冷気を発している。ただ歩いているだけなのに、寒さで頬を軽く叩《たた》かれるようだ。冬は静かに攻撃的な季節で、厚着もあってか動きづらい。

そんな四季に関係なく動き続ける安達《あだち》は、もっと尊敬されるべきかもしれない。

今も、動いてくる。

「しまむら、えっと、この間、なんだけど」

「この間？　どれくらいの間？」

「友達と、会った、やつ」

目を開きながら、安達《あだち》がおどおどしつつも踏み込んでくる。気になったら、無視しない。なんでも後回しにしがちなわたしと違って、安達《あだち》は常に正面衝突だ。長生きできるか心配だ。してもらわないと、なんだか困る気もするのだけど。

「あれね」

わたしならここで、それね、と返す。安達《あだち》は無言で待っている。それね。

「楽しくは、なかった」

本音を漏らす。あれを楽しかったとうそぶくのは、樽見《たるみ》にも失礼だろう。

友達泣かせて楽しいわけもない。

「だから、多分もう会わない」

だからの使い方はきっと間違っている。でも安達《あだち》が一番聞きたいことは、これだろう。

ほんと？　と安達《あだち》の俯《うつむ》きがちな目が訴えてくる。わたしより背が高いのに、視線をいつも下から感じるのはなぜだろう。ほんとだよぉ、と身振り手振りで答える。そもそもわたしは安達《あだち》に嘘《うそ》をついたことがないと思う。言いたくないことはごまかすだけだ。

時々、言いたいことさえごまかす。

……それは、よくないな。うん、きっとよくない。

だから、いま言った。

「安達《あだち》は楽しい」

覗《のぞ》き返《かえ》して、本心をぶつける。

「え」

「はっぴーおっけーはははっはー」

まとめた。意識して歩幅を大きくして、飛ぶように歩いていく。困惑そのままに、律義《りちぎ》にわたしを真似《まね》して跳ねる安達《あだち》を見ると、余計にそういう思いが増していくというものだった。

「しまむら、あの」

「はぁい」

「と、とかいると、じゃなくて、は?」

「うん、わわわ」

安達《あだち》と、はと、楽しいの間にたくさんのものが入る。なんなら、なんでも入るかもしれない。

ああそういうのが、いいなって感じているんだ、わたしは。

残酷だけど。一部とても薄情だけど。

他の人では、そういかないのだ、多分。

「わ、わわわ……」

「わわわー」

二人で歌いながら階段を下りた。

なんだこれ、って楽しかった。


家では勉強道具を用意しながらも、休憩とうそぶいてばれんちゃーんでーについてああだこうだと思いを巡らせる。なにか少しくらい変わった趣向を凝らしたいものだ。変化はとても大事なことだろう。環境も、日付も、居場所も。なにもかもが時間の中で変わっていくのに、わたしたちだけがなにも変わっていかないというのはきっとおかしい。

などと、思ったり思わなかったり。

頬杖《ほおづえ》をつきながら、こたつの温《ぬく》もりと戦い、頭を回す。回らない。夜も更《ふ》けてきたこともあって、どんどんと世界が重くなる。瞼《まぶた》は世界だ。開けば広がり、閉じれば消える。わたしは世界のほとんどを視界に頼って確保しているのだ。人は、目に頼りすぎて心を見るのが難しくなったって、誰かの小説で読んだ気がする。

放課後も安達《あだち》とああだこうだと話してみたけど、建設的なものはなかった。

安達《あだち》としては無難にこなせればそれでいいらしい。本人の行動はいつも無難と言えないのに、変なところで保守的だ。

チョコより先に自分が溶けそうになりながら、教科書を入れたまま持ってきた鞄《かばん》にふと目が行く。その鞄《かばん》にくっつけたアクセサリは、穏やかな笑顔でいつもわたしを見ている。寝転がり、「うぉー」腕を伸ばし、鞄《かばん》を摑《つか》んで引き寄せる。

脇腹が少し痛かった。

鞄《かばん》のアクセサリを手に載せる。クマを模したファンシーなキャラクター。緩い感じのクマで、樽見《たるみ》と一緒に買ったものだ。樽見《たるみ》と買い物に行って、あの頃は笑っていて、あれから一年も経《た》たないうちに色々と終わってしまった。手のひらが傾き、クマが滑り落ちていく。

手に中途半端《ちゅうとはんぱ》に引っかかり、ぶら下がるクマが揺れるのを、揺れ終わるまで見届ける。

樽見《たるみ》はこれを、これからも大事にするだろうか。わたしはできれば捨てないでいたい。本人よりもこんなものを大事にして、なにかした気でいたいだけなのかもしれないけれど。

でも、そういう時間も確かにあったのだ。

今がどうであっても、過去は決して消えない。損なわれることもない。

わたしが忘れない限りは。

友達としてもぎこちなかったけれど、それは樽見《たるみ》が本当は、友達以上のものを求めていたからだろうか。ずっと本当にただの友達だったら、お互いの間に笑顔は残っていたのかと益体《やくたい》もないことを思う。でもなぁ、とこたつ机に突っ伏す。

もっとなにかできるのでは、と頭に引っかかった風船を摑《つか》もうとするみたいに手は動く。でもなにかしても、なにかが続いてもその先に樽見《たるみ》の望む答えはきっとない。

じゃあやっぱり、これで終わりなんだろうと思ってしまう。

終わりか。

終わりなのか。

「んー……」

これで勘違いだったら恥ずかしくもあるし、別の道もあるのだろうけど。

そんなことは、ないのだろう。

樽見《たるみ》の目は気づけば、安達《あだち》と同じ輝きだったのだから。

「んんー……」

前に樽見《たるみ》と疎遠になったときについては、記憶にすらない。気づけば自然と一緒にいなくなっていた。中学生しまちゃんは正直自分でもあまり振り返りたくないらしく、うまく思い出せないことが多い。以前、妹に聞いたら、今より声が大きかったと言われた。

妹は怖がっている様子もなかったから、きっと姉としての最低限は果たせていたのだろう。

それはいい。他はよくない。

逆に小学生の頃はお気楽すぎて、ちょっと極端がすぎる。

あっちは色々記憶にあるのだけど、思い返すと無防備すぎて心配になる。なんの警戒心も抱かないまま相手の懐《ふところ》に飛び込む好奇心の塊。相手の事情も考慮しないその踏み込みに、樽見《たるみ》はなにか救われたのだろうか。

今は丁度、その二つの時代の中間にいるみたいだ。気楽すぎず、尖《とが》りすぎず。

大体のことを、ま、いいかで流してしまうのが正しいのかはさておき。

流し続けた結果、安達《あだち》とひっつくのは想像もつかなかった。

安達《あだち》と付き合っても今までとそんなに変わらないなーと思っていたけど、明確に変わったことが今一つある。そう樽見《たるみ》。安達《あだち》と付き合ったから、樽見《たるみ》とはもう会えないのだ。

「安達《あだち》らしいなー……」

わたしと樽見《たるみ》の関係なのにそんな感想が出てくるのが、また安達《あだち》らしさというやつなのだ。

安達《あだち》らしさ。

わたしに安達《あだち》のことばかり考えさせる、そんな影響力。

他の人には大して効果がないみたいだった。安達《あだち》はまるで、生まれたときからそのすべてが決まっていたみたいに、わたしにだけ効くそれを備えていた。安達《あだち》との出会いはやっぱり、うんめー、ってやつなのかもしれない。最近、そんなことを時々感じる。

出会ったのは偶然で、でもその偶然はずっと、ずっと前から決まっていたような……そんな気がするのだ。運命感じちゃうってやつである。なんだか幸せ絶頂期の向こう見ずのバカップルみたいな感想になってきた。こたつの熱が足から頭まで上がってきたのかな。

……それで、なんだっけ。

なにを考えていたのか、すっかり迷子になっていた。

考え事はいつも、纏《まと》まらないでころころと矛先が変わってしまう。集中力の問題だろうか。

眠気のせいもあるだろうけど、面倒くささに額を小突かれる。

ぽーんと、投げ出すように後ろに寝転がった。

背中が床につく前に、ぐにゅっとした。

「ぐぇー」

「ええ？」

起き上がって身体《からだ》を捻《ひね》ると、枕代わりのあざらしくんに抱きつくヤシロがいた。あざらしくんと一緒にぐにょっている。とりあえずぽんぽん叩《たた》くとどっちも元に戻った。

「なにしてんのあんた」

「寝ていたのですが」

「いやそーいうことではなく」

下では見かけたけどいつの間にこの部屋に来ていたのか。さすがに入ってきたら、考えごとしていても分かりそうなものだけど。

「あんた、ちゃんとそこの扉から入ってきた？」

一体なんの確認だという話なのだけど、してみる。ヤシロは少し固まった。

「もちろんでーすぞ」

「その間はなんだ……」

むくりとヤシロも起き上がる。気に入ったのか、あざらしくんを抱っこしたままだ。ちなみに本人は鳥の格好をしている。色合い的に鶴だろうか。なんとなくこいつは鳥の格好が似合う気がする。鳥には鳥の苦労があったとしても、高い場所を飛んでいる。その姿に、こいつの奔放さが重なるのだろう。

「ほほほ」

「なにがほほほ?」

「しまむらさんはこれからもっと幸せになれますぞ」

「んん?」

ぽむ、と鶴の羽がわたしの肩に載った。

「自信を持って生きていいと思いますな」

励まされた、多分。こんな謎の生物に分かりやすく優しくされるくらい、わたしの顔に出ているものがあったのだろうか。うーむ、とヤシロの顔を観察する。鶴のクチバシの間から丁度顔を出しているやつは、いつもと変わりないほのぼの調子だ。若干眠そうにも見える。

世界のどこにも見つかりそうにない水色の瞳には、なにが見えているのか。

「そうなるといいですねぇ」

「はっはっは」

軽薄に笑っているのを見ると、珍しく、かえって信じられた。

なんの迷いもなく幸せそうだからかもしれない。

「ではしつれーしますぞ」

「ん」

ぴゅーっとヤシロが走っていく。妹の元へ帰るのだろう。

ここになにをしに来たのかはよく分からなかった。ヤシロの行動に、お腹空《なかす》いたと暇だった以外の動機を見つけるのは難しいのだ。

「あ」

置くのを忘れたのか、抱っこしていたあざらしくんをそのまま拉致された。

「ま、いいか」

今夜は貸しといてやろう。返ってきたときはあざらしくんも水色に輝いているかもしれない。

しかし水色に光る生き物が家に当たり前のようにいるのは、不思議ですね。

先週の休みに、父親と並んでテレビの前に座っているのを見て、いよいよ馴染《なじ》んできたなと感じたものだった。今度一緒に釣りに行くとかそんな話をしていた。なんと自由なのか。

ヤシロをしかるべき場所に連れて行けば、世界が震撼《しんかん》するかもしれない。人類は大いなる一歩どころか百歩ぐらい進んじゃうかもしれない。勿論《もちろん》、そんなことはどうでもいいので明日も台所をうろちょろしているのだ、あいつは。

しかしあいつは妹をずっとしょーさんって呼んでいるけど、しょーってなんだろう。

うちの家の人間は誰もそんな呼び方したこともないのに。

子供って由来が窺《うかが》えない変なあだ名をつけるよなぁとしみじみしてしまう。わたしと樽見《たるみ》は安直だったけど。わたしは、誰に呼ばれるときも大体しまむらが基本でそこから少し個性を出していく。下の名前を弄《いじ》られたことはほとんどない。難しい字面《じづら》ではあると思う。

「名前……そっか、名前か」

変なところから、別の話に行き着く。人の名前。下の名前は、普段生きていてあまり出番がない。わたしが名前で呼ぶやつなんてそれこそヤシロくらいだ。そこに、新鮮さがあるのではないかと見出《みいだ》したわけである。

色々寄り道した結果、最初の悩みの問題が解決するのはいいところに落ち着いたものだ。世界とわたしたち。どっちが変わるのか簡単かは明白。

だから変化を求めるなら、大げさなことをしなくても少し目先を変えればいい。未《いま》だに広げたまま一向に出番のない勉強道具をこたつ机の隅に追いやり、早速、電話を取る。ぺぽぽんと、安達《あだち》に思いつきを提案してみる。

『今年のばれんたいんでーは、お互いをずっと名前で呼んでみよう』


目覚ましが鳴っていると、頭の中でちゃんと理解しているのに腕が上がらない。頭に空白ができていて、それとの同居がどこか心地いい。身体《からだ》の中心に力を入れても指先にそれが伝わらない。今ぐぅっと息を止めたら、もう一度深い眠りに落ちるのが分かる。分かっているけど動けない。

「ごげー」

「もうっ」

妹の足がわたしをまたぐのが見えた。こらなんてことを、と思うけどまだ動けない。

結局、妹が目覚ましを止めた。よくあることである。

「姉ちゃん、いつも思うけど目覚まし意味ないね」

「いやもんにゅのまのめのめ……」

昼がまったく開かなくて反論も満足にできなかった。妹が人の話も聞かないで勉強机に戻っていく。放り出された電話君を手に取り、時刻を確かめる。目覚ましは時刻通りに律義《りちぎ》だった。

「まずは……髪を梳《す》いた方がいいか」

ぼさぼさの髪の表面を撫《な》でる頃には、さすがに眠気も蒸発していた。中途半端《ちゅうとはんぱ》に開いたカーテンから曇天が覗《のぞ》ける。色合いのせいか、ぼぅっと見ていると掛《か》け布団《ぶとん》をもう一枚剝ぎ取られたように身震いしてしまう。暖房はかかっているけど、それでもどこかから吹き込む風に背中を煽《あお》られるようだった。

とにかく立ち上がって、出かける用意を始める。部屋を出た途端、足の端が六角形にでもなったように床の寒さで固まる。とんとんと寝起きには辛《つら》い高さまで飛び跳ねながら洗面所へ向かい、水の冷たさに細かく暴れながらも顔を洗って意識を磨く。

長く寝たけど、寝癖は意外にも見当たらない。櫛《くし》と容器を構えて、いざと整え始める。

着替えてからの方がよかったな、と寝ぼけ終わった頭が冷静に判断したけどもう遅い。

納得いくまで頭を弄《いじ》ってから、部屋に戻る。妹は宿題中なのか机にかじりついて大人しい。

「えらいねー」と安く褒めたら「姉ちゃんに褒められてもなー」と生意気言ったので、ちゃんと小突いておいた。その手の当たる位置が少し高くなった気がして、ふむと、ちょっと妹の頭を見つめてしまうのだった。

服を選んでいるところで、電話が鳴る。今度は目覚ましではない。すいすいカニ歩きで机に近づき、電話を取る。相手は、一瞬あっちかなこっちかなと迷ったけど、安達《あだち》だった。

これから会う、えーとなんだった、すたでぃーが連絡をとってきたわけである。

なにか間違えた気がしてならない。

『電話していいですか?』

「いいよー」

このやり取りが最初にあるの、割と癖になってきていた。

改めてかかってきたので取りあえず出てみる。

「もしもしもしもしも」

『も……もしもし？』

わたしが機先を制したら、困惑しながらも合わせてくれた。安達《あだち》はやはりいいやつと言える。

「それでどんなご用でしょう」

今日は用事ができて会うのは無理とか、そんな話だろうか。安達《あだち》との約束で、そういうのは一度もない。こっちからやむを得ず断ることはあっても、安達《あだち》になにかを断られたことはない気もする。安達《あだち》は安達《あだち》の都合を優先してくれてもいいのに。……いやぁ、結構してるかな。

「ちゃんと起きてるよー」

遅刻の心配かなーとも思って報告しておく。「ちゃんとは起きてないじゃん」という左側からの指摘は耳に入らなかったことにした。

『それは……いいですね』

「ですね」

そんな薄いやり取りの後に、安達《あだち》が本題を切り出す。

『あのさ、名前で呼ぶ……ってやつ』

「うん？　うんそうね」

今日はそんな趣向をご用意してみましたが。

『あれっていつから？』

異なことを確認してくる。いつから、と聞かれてついカレンダーを確認してしまった。

日付を確認したけど、起きる日は間違っていない。

「いつからって、今日？」

様子見のような控えめな調子で答える。会話の端がくっついていない感じで据わりが悪い。

『今日のいつからっていうか……今は呼ばなくていいのかな』

安達《あだち》がなにを線引きしたいのか要領を得ないけど、どうせなら直接会ったときに呼び合った方が面白そうだ。

「じゃ、会ってからで」

『それなら、えっと、今日の分のしまむらを呼んでおきたいと思って』

「んん？」

安達《あだち》がなにを言っているのか、ぱっと理解が追いつかない。

まだわたしも安達度数《あだちどすう》が低いらしい。

『しまむらって毎日言ってるから、今日も、ある程度は言っておきたい……みたいな』

「………………………」

『しまむら？』

「あっはっはは」

発想に思わず遠慮なく笑ってしまう。声も大きかったらしく、安達《あだち》の驚く息づかいが窺《うかが》えた。

妹もびっくりした様子でこっちを見ている。なんでもないよと、手を横に振ってから。

「どんなことを毎日考えていたらそれを思いつくんだろ。安達《あだち》ってほんとすごい」

皮肉とかではなく、心からの賞賛だった。別次元に住んでいないだろうか、と思うくらい。

別人。ぜんっぜん分からないくらい、別。強烈に意識できるくらいに別枠。

安達《あだち》は、もうほんと、宇宙人だ。安達星人《あだちせいじん》。

最高。

安達《あだち》の方は唸《うな》っているので、どんな反応なんだろうって待っていたら。

『しまむらのこと、ばっかり考えてる……』

安達星人《あだちせいじん》は、限りなく真面目だった。

「あーなるほど、それならわたしには考えつきもしないね」

わたしはわたしのことをあまり考えてないものな。安達《あだち》の方が二百倍くらいわたしについて真剣に案じていそうだ。でもわたしも安達《あだち》のことを結構考えているから、うん、それでいいのかもしれない。

「じゃあ、存分に言ってくれていいよ」

名前を呼ぶだけで満たされるのなら、とても安上がりだ。どれだけ呼んでもいいと思う。

『しまむら』

「うん」

『しまむら』

「うんうん」

『……しまむら』

「うーん」

こっちもなにかもう少し気の利《き》いた返しが必要だろうか。途切れることのない『しまむら』に応えていると、思いつく間もない。安達《あだち》の形作る『しまむら』は、一つとして同じものがないようにわたしの心に落ちてきて、大きな波紋を穏やかに描いていくのだった。

そんな安達《あだち》を、思った以上に長々と受け止めて。

「満足した？」

『……ん』

短い返事の中に、しっかりとしたものを感じる。お腹《なか》いっぱいになったらしい。

「じゃあまたすぐ後で」

『うん』

なんの電話なんだろ、と笑いながら電話を切る。

「さて」

ちゃっちゃと用意して。

というわけで。

「出かけてくる。晩ご飯は食べるから」

　台所の方から声がした。それからそのまま、下駄箱《げたばこ》に靴を選びに行く。

「今日も安達《あだち》ちゃんとデートか」

　靴を選んでいると、返事をしたはずの母親がわたしに近寄ってきた。脇にはコアラが抱えられて、貰《もら》ったのであろうキャベツをむしゃむしゃしている。ま、そっちはいいとして。

「デートって」

　しかも安達《あだち》と出かけるとはまだ言っていない。

「絶好のデート日和《びより》だもんねぇ」

　真冬の曇り空だよ。

「安達《あだち》ちゃんと遊びに行くのは合ってるっしょ?」

「……合ってるけど」

　言い方が少し引っかかる。この母のことだから他意はなさそうだけど、若干後ろめたい。

　いや後ろめることは特にないのだけど、気持ちを表すならそれが一番近い気がした。

「あんた安達《あだち》ちゃんとしか遊ばないけど、他に友達いないの?」

「さぁー、どうかなー」

　半ば無視して靴を履く。雪のように水色の粒子が舞ってきたので横を向くと、すぐ近くにコアラの髪があった。正確にはコアラの着ぐるみのやつが。抱えられていたやつがいつの間にか逃げて側《そば》に来ていたらしい。なんとなく頭を撫《な》でると、キャベツをかじっているコアラがにっこりした。今はもしゃっているので喋《しゃべ》れないらしい。なぜ隙あらばキャベツを与えているのかなんとなく分かった。

それと母親に尻を軽く蹴られる。ノックでもするようにこつこつ当ててくるので、最初は相手していなかったけど最後は面倒くさくなって振り向いた。背後に立つ母親が、影をぶつけるようにわたしを覗《のぞ》き込《こ》んできた。腰に手を当てて、値踏みでもするように。

「へぇーへっへっへへぇー」

「うんそうなんだぁ」

何も聞かないで相づちを打って出かけようとする。

「気合入ってるじゃん」

止めたくなかったのに、つい足を止めて振り返る。

「ここにそこにあそこにー」

母親が自分の顔や首元を指差し、服の端を摘《つま》む。はぁ？　とも思ったし、何を言われたか分かって反論しようと動きかけたし、若干、頬がむず痒《がゆ》くもなったけれどこちらがなにかする前に、母親がにやっとしながら悠々、手を振ってくる。真似《まね》するように、キャベツを噛《か》むのに忙しそうなコアラも前足っぽい手を振っていた。

「楽しんできな」

色々と見透かされているような振る舞いに据わりの悪いものを感じながらも、小さく頷《うなず》いて家を出た。気合なんて、と頭を掻《か》きかける手を抑えて、前を向いた。

「さむ」

外に出て、まずはそんな冬の当たり前と向き合う。曇天の下には相応の寒風が吹き、早くも肌に引っかき傷を作るようだった。こんな日に出かけるなんて普通に考えてどうかしている。

そんな日なのに足取りが重くないのも、きっとどうかしていた。


「や」

「しま、」

安達《あだち》が呼びかけて、ぴたりと止まる。今日の趣旨を思い出したらしく、肩と足を四角くして。

「ほう、へつ?」

「惜しいねー」

舌が回りきらなかったらしい。安達《あだち》が胸をどんどか叩《たた》いて……落ち着くのだろうか、その勢いで殴って。ドラミングみたいだ。とにかく安達《あだち》が気持ちを整えて、しゃきっとする。

「抱月《ほうげつ》」

じわーっと、頬に来る。安達《あだち》が赤くなっているけど、その温度が分かる。

つまり、こっちも赤面している。

安達《あだち》に面と向かって名前を呼ばれると、そのしゃっきりした具合に翻弄される。

「や、や」

ついもう一度挨拶してしまう。

耐えられなくなったのか、安達《あだち》の手の指と足がその場でじたばたした。

「変」

「こっちも顔が痒《かゆ》い」

つい掻《か》いてしまう。今更になって初々《ういうい》しい感じが出てきた。これまで安達《あだち》とやってきたことを振り返れば、これくらいで恥ずかしがるのもどうなんだとは思うのだけど、それはそれとしてむず痒《がゆ》い。安達《あだち》との間にまだこんな、新鮮な感覚があったのだなぁと感心してしまう。

「じゃあ、い、行こう……抱月《ほうげつ》」

安達《あだち》がカチカチと関節の擦れる音でもしそうなくらい、ぎこちなく促してきた。

「いきましょいきましょ」

その堅苦しい肩を押すように、隣に並んだ。

駅構内での待ち合わせだった。駅で待ち合わせるのは今月二回目だ。あのときは外に向かい、今は内を歩く。女の子とお出かけというのも同じだ。違うのは、そう、違うのはと言葉を濁す。

チョコレートを買いに、名古屋《なごや》へ行く。来年はどうだろう、三年生だけど行けるだろうか。

構内は、いつものことだけどそこまで人に溢《あふ》れていないので歩きやすい。これが少し電車で出れば人混みにくじけそうになる。でもいつかはわたしも、そういう場所へ巣立っていくことになるのかもしれない。実際どうしよう、地元で一生を終えるのだろうか。

「それで安達《あだち》はさぁ……あ、違う違う。桜《さくら》はさぁ」

特に話も思いついてないのに名前を呼んでみる。安達《あだち》がぎょっとする。こっちも名前で呼んだだけでいつもの距離感とまるで違う気がして、安達《あだち》を見つめる適切な位置に困る。

「な、なび」

「今舌を噛《か》んだね、って話そうと思った」

「順番おかしい……」

安達《あだち》が口元を押さえながら、落ち着くのを待っている。待っている間、こっちも背中が少しぞわぞわした。

抱月《ほうげつ》に、桜《さくら》。なんだこの別人な感じは。あまりに安達《あだち》としまむらに慣れすぎているのが分かってくる。人も町も概《おおむ》ね同じなのに、来たことのある景色の中でも別の道を歩いているみたいだ。異世界に迷い込んだようでさえある。頭がぐわんぐわん回って落ち着かない。

「ほう、げつ……さん」

言い切ることに耐えられなかったのか、さんがおまけでついた。

「なんでしょう」

改札に行くための階段を上がりながら相づちを打つ。安達《あだち》の唇が開いたり、くっついたりするのを間近で眺める。安達《あだち》も化粧に気合を入れてきたのだろうか、とこっそり覗《のぞ》く。

いやわたしはそんなに……と、つい言い訳しそうになってしまう。

「もうちょっと、話すこと考える……」

呟《つぶや》きながら安達《あだち》が俯《うつむ》くのを見て、いひひ、と思わず笑い声が漏れてしまった。

改札を通り、電光掲示板の表示を確認しながらホームへ向かう。足早な周りの人の流れを見て、電車の到着が近いことを悟る。前にもこんなことがあった気がする、と安達《あだち》と顔を見合わせて走る。普段の生活の中だと走ることが少ないから、走るとイベントに参加しているみたいで息が少し弾む。別に体力不足とかそういうわけではない。

丁度ホームに止まっていた電車の、手近な乗車口まで走り切る。電車の向こう、背景のビルとの隙間に映る空は生憎《あいにく》の曇り空……バレンタインに相応《ふさわ》しい天気ってどれだろう？　雪はクリスマスな感じだし、晴れの印象もあまりない気がする。ただ、夜のイメージはあった。

それはわたしの中で印象に残るバレンタインが、夜だったからだろう。

実に安易だった。でも始まりというのは、それだけ大事なものなのだ、きっと。

車内は結構空《す》いていて、並んで座る場所も選べるくらいだった。昼より少し経《た》って中途半端《ちゅうとはんぱ》な時間だからだろう。わたしが窓側に座ると、安達《あだち》もすぐに隣に吸い込まれる。

「抱月《ほうげつ》」

座った途端、安達《あだち》ロボに名前を呼ばれる。ロボとしか言いようのない首の捻《ひね》り方《かた》だ。

きゅん、と一瞬で正確に曲がったけどその後がぎぎぎっと音がしそうなくらい硬い。

「た、楽しみだね」

会話の内容までお堅い。普段もあまり談笑とはいかないけど、余計に強調される。

「楽しいね」

「なんか軽い……」

「楽しいなら重くなるよりいいんじゃない？」

楽しいは、日々の重力を忘れさせる。楽しいじゃなくても、夢中になると軽くなる。

夢が現実を半分くらい肩代わりしてくれるからなんだと思う。

「ほーげつ」

「うんうん」

安達《あだち》は慣れるためのように、何度も何度もわたしの名前を口にする。

きっと明日には安達《あだち》としまむらに戻るのに、それでも安達《あだち》は今のために一生懸命だ。

そう思えば、こちらの頬がちりちりすることくらい甘んじて受け入れようではないか。

電車が動き出す。がたんと大きい揺れに合わせて、愉快に一度、頭を振る。

「なにか、する？　お話はほら、検討中で」

「んー、じゃあ指相撲しようか」

さっと、左手を出す。ふふふ、利《き》き手《て》じゃないのはハンデだぞ安達《あだち》。

「なんで？」

「そう聞いたから」

パンチョが。わたしから。

「や、やろうか」

おずおずと安達《あだち》の左手がやってくる。それをがっちり迎え撃って、親指を伸ばした。

やっぱりばれんちゃーんでーは指相撲だよねぇ。なんと、名古屋《なごや》までの道中の暇を二駅は飛ばせる。安達《あだち》の指を押さえて、秒数をカウントする声がつい弾みそうになって、慌てて口を閉じたりと忙しいのだ。

えいえいと、安達《あだち》の親指を追いかける。安達《あだち》は親指があまり逃げようとすると、なぜか思い直したようにすぐ戻ってくる癖がある。性格出ていて面白いな、と畳みかけて指を押さえた。

なんて、安上がりに時間を潰す。

指相撲が終わってから、安達《あだち》は大分自然に笑うようになっていた。

安達《あだち》は心から笑うために少し時間がかかる。これまでの生き方がそこに見えてくる。

これからは、それがどう変わっていくのか。

「私は無理だから、しまむらがなにか話して」

「………………」

「しまむら?」

「…………………………」

「あ……ほ、抱月《ほうげつ》」

「はーい、じゃあねー」

呼ばれるまでつーんと無視してみた。安達《あだち》相手だとつい、意地悪が時々顔を出してしまう。

なんでだろなー、と手のひらでも広げるような晴れ晴れしさの中でうそぶく。

「そうだね……安達《あだち》という箱舟についての話をしようか」

少し思わせぶりに話題を切り出す。不思議そうな顔になるかなと期待して覗《のぞ》くと、安達《あだち》は唇を尖《とが》らせている。鳥の真似《まね》かな、と見ていたら。

「安達《あだち》じゃなくて」

「おっと」

こっちも間違えてしまった。気を抜くとつい、日常に戻ってしまう。

安達《あだち》のいる日常に。

「桜《さくら》」

助走のようにまず一声。安達《あだち》も練習のように受け止めて、ぐっと握りこぶしを作っている。

「それで……箱舟ってなに?」

「桜《さくら》は乗り物って話」

抽象的な物言いをあえて選ぶ。安達《あだち》はしばらく目を泳がせていたけど、やがてその頰がぽんと照明をつけたように染まる。どんな想像をしたのだろう。

「桜《さくら》はわたしを色んなところに運んでいくからさ」

安達《あだち》がいなければ、そもそも今電車に乗っていない。

安達《あだち》がいなければ、多分また樽見《たるみ》と会い、そして別れていない。

良《い》いことも悪いことも、安達《あだち》と共にある。

それは物理的な意味に留《とど》まらず。

わたしの感情も、見も知らない土地に運んでいく。

「今日はこれからどこに連れて行ってくれるのか……本当に、そう、楽しみなんだ」

はっきりと、わたしみたいな人間がそこまで言えるくらいに、分かりやすく。

安達《あだち》があまりにも心を隠さないから、ついそうなってしまうのだ。

安達《あだち》はなにか考え込む仕草を取り、指相撲に使った親指を上下させるのをじっと眺めて、それから。

「しまむらの話は難しくて分からないけど」

「はいしまむらさんの話はね」

指摘すると、安達《あだち》はぐむ、となって、でもそのまま。

「島村抱月《しまむらほうげつ》が喜んでくれるなら、私は、私も、……楽しいよ！」

言葉を探そうとして、でも見つからなくて、精いっぱいを絞り出してきたのがちゃんと伝わる。そうやってはっきり伝わるというのが、言葉というものの一番大事なところだと思っている。安達《あだち》はそれが上手《うま》い。不器用なのに、根底はあまりに純粋に、しっかりしていた。

名前を全部口にされたのは、きっとこれが初めてだ。

爪先から頭のてっぺんまで触れられた気分だ。

今日の戯《たわむ》れもこれからも、全部ひっくるめるように。

「……………安達桜《あだちさくら》ぁ」

「な、なに、なに」

「べつに」

「な、なんだよぅ」

顔を逸《そ》らして、曇り空に逃げた。この席から今すぐにでも離れて、飛び立ちたい。

やがて、電車が目的の駅に滑り込む。停止したそれが、さぁ行けって扉を開く。

先に席を立った安達《あだち》を追い抜くように、一歩、足早に進んだ。

「ねぇ、桜《さくら》」

電車から降りる直前、わたしは振り返って。

「行こう」

わたしから、安達《あだち》へ手を差し伸べる。

とても珍しく……いや、ひょっとして、初めてなのだろうか？
そんな気分になったのは。
腕をしっかり伸ばすって、思いの外、じわっと、恥ずかしい。
でも胸の中が真《ま》っ直《す》ぐになっていく。
走っていくものが、熱い。
鼓動はそれを追いかけるようだ。
最初、安達《あだち》は目を丸くしていた。
自分の役目を取られて、呆然《ほうぜん》とするように。
でもすぐに、安達《あだち》はわたしの指先に気づく。
安達《あだち》は、ちょっと大げさなほどに口元を緩ませて、瞳を波立たせて。
泣くのと笑うの、どっちか迷ったまま。
「行くよ、ほぅ」
そこで少しつんのめるのが、安達《あだち》らしい。
息を吸い直して。
「抱月《ほうげつ》」
どこまでも。
わたしの手を、しっかりと掴《つか》む。

安達《あだち》は、手を繋《つな》ぐことが好きだ。
お互いの心にきっと、桜《さくら》が咲くから。
そう、今も。
二人のための桜《さくら》が、冬という時の流れさえ厭《いと》わず咲き誇った。

『Hear-t』

一緒に寝るとき、しまむらは眠る前の少しの時間、私の髪を指で梳《す》いてくる。

その指が耳の端にも触れると、思わず肩が少し跳ねる。少し見慣れ始めた暗闇から伸びたしまむらの手が、私の反応に合わせるように動きを止めた。ぼんやりと見えてくるしまむらの腕は、私たちの間にかかる明るい橋のようだった。

「もう寝てた？」

「いや、目開けてたけど」

「開けながら寝てた」

しまむらが決めつけて笑ってくる。私は少し考えて、しまむらと自分の手を重ねる。二人分の手の載った頭が、柔らかい枕に深々と沈んでいく。

「しまむら、髪に触るの好きだね」

「ん？　んー、そうかも」

手触りいいし、としまむらが私たちの手を見つめながら呟《つぶや》いて。

「なんか落ち着くから」

「そうなの？」

「何かに触れてると落ち着くときない？」

「私は……あんまりかも」

しまむらに触れられると、いつだって心は座っていられない。

どれだけの時間を重ねても、次に来るものは常に新鮮で、最新で、刺激的だ。

ふーん、としまむらが目を閉じる。その間、口の端が緩んでいた。

「安達《あだち》ってさ、わたしと結構意見が合わないよね」

「うん……」

「それがいい」

「いい？」

「安達《あだち》と意見が合わない時が、楽しい」

目をつむったまま、しまむらは微笑《ほほえ》み続《つづ》ける。

「重ならなくて、声が二つ。そういうのがいいんだ」

嬉《うれ》しそうな口元から、しまむらの言葉が躍り、目を開く。

灯《あか》りもないのにそのしまむらが輝いて、強い光が目の奥に差し込む。

ああ、ってなる。

血が巡る。

生きている、ってなる。

やっぱり、心は留《とど》まることができない。

ベッドシーツに足を引っかけるように、身体《からだ》を前へ。しまむらに近づく。しまむらが気づいて、じっと私を見つめてくる。

う、とたじろぎそうになりながら、ずりずり、ベッドを移動していく。

しまむらの引っ込めていく手より、少し遅れて。

そうして、しまむらを文字通りに目と鼻の先に感じるところまで行って、その手を取る。

私としまむらの手のひらの微《かす》かな温度差に、背中がぞわぞわした。

「……落ち着く?」

「いやー、さすがにこれは落ち着かない」

吐息が前髪を揺らしそうな距離で、お互いの声が寄り添う。

苦笑するしまむらに、もう少しだけ近寄る。

心臓の音が、重なるのが聞こえた。

あとがき

というわけで安達《あだち》としまむら10巻でした。遂《つい》に二桁。

正直ここまで続くとは思ってませんでした、本当に。

これもみなさまのご愛好のお陰です。サンキュー世界！

一応12巻くらいまでは予定しています。なぜって、過去に11巻まで出したことあるから。

しかし安達《あだち》としまむらも歴史ありますね。一巻出したの何年前だったかなと思って調べたら私が30歳になる前の作品でした。あの頃は……あの頃からなんにも変わった気がしないな。

こんにちは、入間人間《いるまひとま》です。最近の安達《あだち》としまむらはなんだか気軽に時空を越えたりしていますが、前にも書いたとおり8巻で最終話を迎えているので、9巻以降は長い長い後日談みたいなものです。ので、あまり気にしないで読んで楽しんでいただけたら幸いでございます。

今回はALTDEUS:Beyond ChronosというゲームのStar-tという歌を聴きながら書きました。というかサントラ買ってからはこればかり聴いているんですが……とてもいい曲なので機会があれば……ではなく作ってぜひ聞いてみてください。機会なんて待つより作る方が早いですね。

最近はですねー、そうですねー、なんにもないです。平穏無事に生きられるというのは素晴らしいことですね。そういうのがずっと続いていけばいいなって時々思います。

そういえばイラストまた変わりましたね。今第三形態ですか。漫画も含めると5段階変身に突入しているので、そろそろ金色になりそうですね。よろしくお願いします。

まぁ金色になってから元に戻ってるんですけどね、髪の方は。

今回もお買い上げいただき本当にありがとうございました。

入間《いるま》人間《ひとま》

◉入間人間著作リスト

嘘つきみーくんと壊れたまーちゃん
1～11、『i』（電撃文庫）
電波女と青春男①～⑧、SF版（同）
多摩湖さんと黄鶏くん（同）
トカゲの王I～V（同）
クロクロクロック　シリーズ全3巻（同）
安達としまむら1～10（同）
強くないままニューゲーム1、2（同）
ふわふわさんがふる（同）
虹色エイリアン（同）
おともだちロボ チョコ（同）
美少女とは、斬る事と見つけたり（同）
いもーとらいふ〈上・下〉（同）
世界の終わりの庭で（同）
やがて君になる　佐伯沙弥香について(1)～(3)（同）

海のカナリア（同）
エンドブルー（同）
探偵・花咲太郎は閃かない（メディアワークス文庫）
探偵・花咲太郎は覆さない（同）
六百六十円の事情（同）
バカが全裸でやってくる（同）
僕の小規模な奇跡（同）
昨日は彼女も恋してた（同）
明日も彼女は恋をする（同）
時間のおとしもの（同）
彼女を好きになる12の方法（同）
たったひとつの、ねがい。（同）
瞳のさがしもの（同）
僕の小規模な自殺（同）

エウロパの底から（同）
砂漠のボーイズライフ（同）
神のゴミ箱（同）
ぼっちーズ（同）
デッドエンド　死に戻りの剣客（同）
少女妄想中。（同）
きっと彼女は神様なんかじゃない（同）
もうひとつの命（同）
もうひとりの魔女（同）
僕の小規模な奇跡（アスキー・メディアワークス）
ぼっちーズ（同）
しゅうまつがやってくる！
-ラララ終末論。Ⅰ-（角川アスキー総合研究所）
ぼくらの16bit戦争　-ラララ終末論。Ⅱ-（KADOKAWA）

本書に対するご意見、ご感想をお寄せください。

ファンレターあて先
〒 102-8177　東京都千代田区富士見 2-13-3
電撃文庫編集部
「入間人間先生」係
「raemz先生」係
「のん先生」係

本書は書き下ろしです。

電撃文庫

安達《あだち》としまむら 10

入間人間《いるまひとま》

2021年9月10日　初版発行

発行者　青柳昌行
発行　株式会社KADOKAWA
〒102-8177　東京都千代田区富士見2-13-3
0570-002-301（ナビダイヤル）
装丁者　荻窪裕司（META＋MANIERA）
印刷　株式会社暁印刷
製本　株式会社暁印刷

ISBN978-4-04-913998-3　C0193　Printed in Japan

電撃文庫創刊に際して

文庫は、我が国にとどまらず、世界の書籍の流れのなかで〝小さな巨人〟としての地位を築いてきた。古今東西の名著を、廉価で手に入りやすい形で提供してきたからこそ、人は文庫を自分の師として、また青春の想い出として、語りついできたのである。

その源を、文化的にはドイツのレクラム文庫に求めるにせよ、規模の上でイギリスのペンギンブックスに求めるにせよ、いま文庫は知識人の層の多様化に従って、ますますその意義を大きくしていると言ってよい。

文庫出版の意味するものは、激動の現代のみならず将来にわたって、大きくなることはあっても、小さくなることはないだろう。

「電撃文庫」は、そのように多様化した対象に応え、歴史に耐えうる作品を収録するのはもちろん、新しい世紀を迎えるにあたって、既成の枠をこえる新鮮で強烈なアイ・オープナーたりたい。

その特異さ故に、この存在は、かつて文庫がはじめて出版世界に登場したときと、同じ戸惑いを読書人に与えるかもしれない。

しかし、〈Changing Times,Changing Publishing〉時代は変わって、出版も変わる。時を重ねるなかで、精神の糧として、心の一隅を占めるものとして、次なる文化の担い手の若者たちに確かな評価を得られると信じて、ここに「電撃文庫」を出版する。

1993年6月10日
角川歴彦

電撃文庫DIGEST　9月の新刊

発売日2021年9月10日

七つの魔剣が支配するⅧ

【著】宇野朴人　【イラスト】ミユキルリア

盛り上がりを見せる決闘リーグのその裏で、ゴッドフレイの骨を奪還するため、地下迷宮の放棄区画を進むナナオたち。死者の王国と化す工房で、リヴァーモアの目的と『棺』の真実にたどり着いたオリバーが取る道は──。

俺の妹がこんなに可愛いわけがない⑰　加奈子if

【著】伏見つかさ　【イラスト】かんざきひろ

高校３年の夏、俺は加奈子に弱みを握られ脅されていた。さんざん振り回されて喧嘩をして、俺たちの関係は急速に変化していく。加奈子ifルート、発売！

安達としまむら10

【著】入間人間　【イラスト】raemz
【キャラクターデザイン】のん

「よ、よろしくお願いします」「こっちもいっぱいお願いしちゃうので、覚悟しといてね」実家を出て、マンションの一室に一緒に移り住んだ私たち。私もしまむらも、大人になっていた──。

狼と香辛料XXⅢ Spring LogⅥ

【著】支倉凍砂　【イラスト】文倉 十

サロニア村を救ったホロとロレンスに舞い込んできたのは、誰もがうらやむ貴族特権の申し出だった。夢見がちなロレンスを尻目に、なにかきな臭さを覚えるホロ……。そして、事態は思わぬ方向に転がり始めて!?

ヘヴィーオブジェクト 人が人を滅ぼす日(上)

【著】鎌池和馬　【イラスト】凪良

世界崩壊の噂がささやかれていた。オブジェクト運用は世界に致命的なダメージを与え、いずれクリーンな戦争が覆されると。クウェンサーが巻き込まれた任務は、やがて四大勢力の総意による陰謀へと繋がっていき……。

楽園ノイズ3

【著】杉井 光　【イラスト】春夏冬ゆう

「男装なんですね。本気じゃないってことですか」学園祭のライブも無事成功し、クリスマスフェスへの出演も決定したPNO。ところがフェスの運営会社社長に、PNOの新メンバーを見つけてきたと言われ──。

インフルエンス・インシデント Case:02 元子役配信者・春日夜鶴の場合

【著】駿馬 京　【イラスト】竹花ノート

男の娘配信者「神村まゆ」誘拐事件が一段落つき、インフルエンサーたちが集合した配信番組に出演した中村真雪。その現場で会った元子役インフルエンサーの春日夜鶴から白鷺教授へ事件の解決を依頼されるが──？

忘却の楽園Ⅱ アルセノン叛逆

【著】土屋 瀧　【イラスト】きのこ姫

あれから世界は劇的に変化しなかった。フローライトとの甘き記憶に浸りながら一縷の望みを抱くアルム。そんな彼に告げられたのは、父・コランの死──。

僕の愛したジークフリーデ 第2部　失われし王女の物語

【著】松山 剛　【イラスト】ファルまろ

暴虐の女王ロザリンデへ刃向かい、粛正によって両腕を切り落とされたジークフリーデ。憎悪満ちる二人の間に隠された過去とは。そしてオットーが抱える想いは。剣と魔術の時代に生きる少女たちの愛憎譚、完結編。

新作　わたし、二番目の彼女でいいから。

【著】西 条陽　【イラスト】Re岳

俺と早坂さんは、互いに一番好きな人がいながら「二番目」に好きなもの同士付き合っている。本命との恋が実れば身を引くはずの恋。でも、危険で不純で不健全な恋は、次第に取り返しがつかないほどこじれていく──。

新作　プリンセス・ギャンビット ～スパイと奴隷王女の王国転覆遊戯～

【著】久我悠真　【イラスト】スコッティ

学園に集められた王候補者たちが騙しあう、王位選挙。奴隷の身でありながらこの狂ったゲームに巻き込まれた少女と彼女を利用しようとするスパイの少年による、運命をかけたロイヤルゲームが始まる。

インフルエンス・インシデント
Influence Incident
SNSの事件、山吹大学社会学部『白鷺ゼミ』が解決します！（多分）
駿馬京
illustration◊竹花ノート
女教授と女子大生と女装男子《インフルエンサー》が
インターネットで巻き起こる
事件《インシデント》に立ち向かう！
第27回電撃小説大賞銀賞受賞
電撃文庫